너에게 꼭 할 말이 있어

너에게 꼭 할 말이 있어

초판 1쇄 발행 2022년 4월 18일
초판 4쇄 발행 2023년 11월 24일

글 최이랑

편집장 천미진 │ 편집 김현희, 최지우
디자인 최윤정 │ 마케팅 한소정 │ 경영지원 한지영

펴낸이 한혁수 │ 펴낸곳 도서출판 다림 │ 등록 1997. 8. 1. 제1-2209호
주소 07228 서울시 영등포구 영신로 220 KnK 디지털타워 1102호
전화 02-538-2913 │ 팩스 070-4275-1693 │ 전자 우편 darimbooks@hanmail.net
블로그 blog.naver.com/darimbooks │ 다림 카페 cafe.naver.com/darimbooks

© 최이랑, 2022

ISBN 978-89-6177-289-1 (43810)

너에게 꼭 할 말이 있어

글
최이랑

다림

+ 차례 +

작가의 말 · 06
프롤로그 · 08

1부 15개월 전, 그날부터 · 19

예원 · 21
소희 · 33
예원 · 47
소희 · 59
예원 · 71
소희 · 83
예원 · 95
소희 · 107

2부 그때, 예원 · 121

그때 · 123

DM · 132

조종자 · 144

허상 · 154

대화 · 168

3부 다시 · 183

소운 · 185

진실 · 197

용서 · 210

나에게 SNS는 무엇일까요?

...

몇 해 전, 청소년 백일장에서 SNS에 관해 쓴 청소년의 글을 여러 편 읽은 적이 있습니다. 고만고만한 경험담이 담겨 있는 글을 줄줄이 읽다가 어느 소녀의 글 한 편에 제 가슴이 후드득 떨렸습니다.

SNS가 자신의 외로움을 증폭시키고, 자존감을 갉아먹으며 심지어 자신의 행복까지도 빼앗아 버린 것 같다는 소녀의 글을 읽으며 '나는 어떠한가' 돌아보았습니다. 그리고 존경과 동경, 부러움과 열패감이 공존해 있던 저의 속내가 솔직하게 모습을 드러냈습니다.

나에게 SNS는 무엇일까요. 나는 언제 SNS를 들여다보고, 어떤 상황일 때 글을 끄적일까요.

그날 이후로 SNS와 관련된 여러 가지 사건 사고를 접하면서 나는 SNS에 관한 글이 쓰고 싶어졌습니다. SNS를 둘러싼 다양한 감정과 그것에 연루되어 벌어지는 갖가지 사건 사고 그리고 그 이면을 들여다보고 싶었습니다.

오랫동안 머릿속에서 공글리던 이야기를 꺼내어 놓습니다. 더 많은 감정과 이야기들을 다루고 싶었는데, 지극히 단적인, 어느 일부만 이야기한 것 같아 마음이 쓰입니다. 하지만 이번에는 여기까지 해야겠습니다. SNS에는 제 짧은 손길로는 닿을 수 없는, 크고 방대한 것들이 두루 담겨 있으니까요.

여전히 SNS는 뜨거운 감자처럼 많은 사람들의 화두에 있습니다. 그 안에서 각자의 생각과 감정에 따라 옳고 그른 것을 잘 헤아렸으면 좋겠습니다. 무엇보다 SNS 때문에 스스로를 해치지 않았으면 좋겠습니다. 기분 좋게 감상하고 응원할 수 있을 만큼만 SNS랑 친했으면 좋겠습니다. SNS 속 보이지 않는 누군가보다는 지금 곁에 있는 친구의 눈을 바라볼 수 있으면 좋겠습니다.

최이랑

느릿느릿 눈을 떴다. 어둠이 어슴푸레하게 비쳤다. 몇 시쯤 되었을까, 생각하다가 예원은 다시 눈을 감았다.

'몇 시에 잤더라……?'

기억을 더듬어 보았다. 몇 시쯤 잠이 들었는지 기억날 리 없었다. 잠이 들고 깨는 건 예원의 영역이 아니었다. 아니 애초에 예원 스스로 조절할 수 있는 영역은 거의 없었다.

매 순간 알 수 없는 누군가가 예원을 조종하고 있는 듯했다. 예원은 영혼을 잃어버린 사람처럼 눈에 보이지 않는 누군가의 조종에 맥없이 끌려다니고 있었다. 한 달 전부터는 특히나 더욱.

─띠리리릭 띠리리릭.

깜빡 잠이 든 모양이었다. 알람 소리에 다시 정신이 들었다. 6시 40분이구나. 예원은 팔을 뻗어 핸드폰을 잡았다.

알람 소리는 듣기 싫었다. 알람 소리를 들으면 예원의 머리카락이 한 움큼 뽑히는 것만 같았다.

침대에 엎드린 채 잠결을 넘나드는데 슬리퍼를 찍찍 끄는 소리가 방문 앞에서 멈췄다. 곧 방문이 열리고 엄마가 들어올 거였다. 그러기 전에 몸을 일으켜야 했다. 예원은 무겁게 가라앉는 몸을 억지로 일으켜 세웠다. 동시에 방문이 열렸다.

"일어났네?"

엄마 목소리가 날아들었다. 예원은 두 눈을 감은 채 고개를 끄덕였다. 슬리퍼 소리가 예원에게 다가왔다.

"늦게 잤어?"

엄마의 손이 예원의 등에 닿았다. 부드럽고 따스한 손길이지만 예원은 반갑지 않았다.

"응."

짧게 대꾸하고 예원은 자리에서 일어났다. 얼른 엄마의 손을 털어 내고 싶었다.

"얼른 씻고 나와. 아침 간단히 준비할게."

엄마의 아침 대사는 예원이 중학교에 다닐 때부터 지금까지 자그마치 5년 동안 변화가 없었다. 짧고 간결했지만 부드럽고 따스한 대사. 하지만 예원은 엄마의 대사가 마음에 들지 않았다. 예원의 마음은 부드럽고 따스한 것과는 거리가 멀었다.

대충 씻고 식탁 앞에 앉으며 예원은 핸드폰으로 영어 단어장을 켰다. 엄마와의 대화를 차단하는 가장 강력한 방패를 꺼낸 거였다. 엄마는 과일주스와 와플을 예원 앞으로 놓아 주고, 맞은편에 자리를 잡았다.

'하, 그냥 다른 데로 가지.'

엄마의 눈길이 부담스럽고 불편했다. 하지만 마음속을 훤히 드러내 보일 수 없었다. 그러면 엄마는 왜 그러냐 물을 거였다. 왜? 무슨 일 있어? 무슨 일인데? 엄마가 예원에게 자주 던지는 말이었고, 예원이 가장 싫어하는 말이었다. 그러니까 이럴 때는 그냥 손에 쥐고 있는 방패만 뚫어져라 쳐다보면 된다. 그러면 넘어갈 수 있다.

"다녀오겠습니다."

"그래, 잘하고 와."

예원은 엄마의 미소를 무시하고 집을 나섰다. 습관처럼 길게 한숨이 터졌다.

'도대체 뭘 잘하라는 거야?'

주어와 목적어를 상실한 문장이었다. 오로지 엄마의 의지만 담겨 있는 말. 그래서 엄마의 말은 예원의 가슴에 0.1초도 머물지 않았다.

아침 7시 20분. 4월 중순의 공기는 따사로웠다. 주위의 모든 것을 평온하게 감싸 줄 것만 같은 부드러움 속에 새하얀 꽃이 피었다. 새하얀 꽃 때문에 거리는 온통 향기로웠다.

모든 것이 아름답다는 형용사로 표현되기에 충분했다. 그래서 예원은 고개를 숙였다. 예원은 아름다운 것과는 거리가 멀었다. 추잡하고 추악해서 아름다운 것 사이에 끼어들면 안 될 존재. 그게 예원이었다. 하아. 예원은 길게 한숨을 뱉었다.

아침부터 엉뚱한 생각이 자꾸만 예원을 휘어잡았다. 평소에도 자주 떠오르던 생각이었지만 오늘따라 유난하다 싶었다. 지난밤 꿈자리 때문인가 싶었다.

정확히 몇 시에 잠이 들었는지 아니, 잠이 들기는 들었는지 알 수 없는 그 시간에 꿈인지 뭔지 그 역시 제대로 알 길 없는 어떤 이미지가 밤새 예원의 머릿속을 떠다녔다. 예원은 미지의 이미지를 붙잡으려 사방팔방 쫓아다니다가 기력을 잃었다. 그게 무엇이었을까.

다음 주부터는 중간고사가 시작될 참이었다. 목적도 없이 들입다 공부만 파고 있던 예원에게는 기회가 될 수도 있는 시험이지만 예원은 반갑지 않았다.

시험을 보고, 결과에 따라 아이들을 줄 세우는 현실이 예원은 싫었다. 줄에서 벗어나고 싶었다. 그러려면 시험을 망쳐 버리면 되는데, 그럴 수도 없었다. 엄마 때문이었다. 지금 엄마에게는 모든 일의 1순위가 예원이었다.

아빠가 곁에 있으면 달랐을까. 예원은 생각했다. 아빠는 예원이 중학교 3학년이 되던 무렵 아르헨티나로 파견 근무를 떠났다. 그곳에서 3년을 보낸다 했으니 내년이면 아빠가 돌아올 거였다. 아빠가 돌아오면 엄마의 1순위가 바뀔까. 그렇지 않을 듯했다. 내년이면 예원은 고3, 수험생이었다.

집에서 학교까지는 걸어서 30분 거리였다. 전에는 엄마가 운전을 해서 데려다줬지만 얼마 전부터는 걸어 다녔다. 엄마는 중요한 시기에 걸어 다니느라고 기운을 빼면 안 된다고 말렸다.

하지만 예원은 엄마와 차를 타고 이동하는 시간이 견디기 힘들었다. 어떻게 하면 피할 수 있을까 고민하다가 예원은 엄마에게 운동이 필요하다고 말했다. 운동을 하느라 따로 시간을 빼기는 어려우니 등굣길만이라도 걷겠다고 했다.

엄마는 썩 내키지 않는 얼굴로 알겠다 했다. 그러면서 언제든 필요하면 엄마에게 데려다 달라고 말을 하라고 했다. 하지만 예원은 그럴 마음이 없었다. 귀에 이어폰을 꽂고 혼자 걷는 아침 시간이 예원은 가장 편안했다.

"임예원, 임예원!"

학교 정문을 막 지나는데 누군가의 손이 예원의 팔을 잡았다. 예원은 화들짝 놀란 얼굴로 뒤를 돌아보았다. 예원을 쳐다보며 지윤이 헉헉 숨을 몰아쉬었다. 예원은 천천히 이어폰을 뺐다.

"넌 뭘 그렇게 듣고 다니냐?"

지윤이 가슴을 탕탕 치며 예원을 흘겼다. 예원을 쫓아오느라고 꽤나 달린 모양이었다.

"그냥……."

밴드 음악이었다. 또래 아이들은 잘 모르는, 그리 유명하지 않은 인디 밴드의 노래.

"너 인스타 봤어?"

예원과 걸음을 맞추며 지윤이 물었다. 예원은 뚱한 얼굴로 지윤을 보았다. 인스타그램. 그것과 거리를 둔 지도 반 년쯤 된 것 같았다.

"이럴 줄 알았다니까. 이것 좀 봐."

학교 건물로 들어가는 현관 입구에서 지윤이 핸드폰을 내밀더니, 인스타그램을 열었다. 현관 앞에서 교감 선생님이 빨리 들어가라고 손짓했다. 사여고등학교의 등교 시간은 아침 8시 10분이었다. 아직은 서두르지 않아도 될 시간이지만 교감 선생님의 눈에 걸리고 싶지 않았다. 예원은 꾸물거리는 지윤을 두고, 뚜벅뚜벅 교실로 향했다.

"야, 이것 좀 보라니까!"

2층으로 올라가는 계단참에서 지윤이 예원의 팔을 끌어당겼다. 그러고는 인스타그램 화면을 예원의 눈앞에 들이밀었다.

"이게 뭐야?"

눈살을 찌푸리며 지윤을 보았다.

"뭔지 몰라?"

지윤이 눈을 크게 뜨며 다그치듯 물었다. 예원은 다시 지윤의 핸드폰을 들여다보았다.

river_now0724

강소희. 진짜 강소희의 계정이었다. 절대로 모를 수 없는 계정.

"갑자기 이건 왜에?"

예원이 고개를 돌려 지윤을 보았다. 예원의 목소리가 파르르 떨렸다.

"살아 있대!"

지윤의 목소리가 낮게 깔렸다.

"뭐라고……?"

예원은 눈을 크게 뜨고 지윤의 핸드폰을 두 손으로 잡았다. 그리고 지윤이 펼쳐 놓은 river_now0724의 인스타그램을 쳐다보았다. 10분 전에 새 피드가 올라와 있었다.

---

river_now0724 오랫동안 아팠다.

피드에는 아팠다는 글귀를 증명이라도 하듯 주삿바늘이 꽂혀 있는 희고 가느다란 팔목 사진이 올라와 있었다. 팔목의 배경은 초록색 작은 글씨가 자잘하게 적혀 있는 환자복이었다.

"진짜로 소희가 살아 있다고?"

예원은 지윤의 핸드폰을 꼭 쥔 채 지윤을 바라보았다.

"진짠지 뭔지는 모르지만, 아무튼 이거 까무러칠 일 아니냐?"

지윤이 예원의 손에서 핸드폰을 낚아채며 도리질을 했다. 예원은 계단참에 주저앉았다. 예원을 채우고 있던 무엇인가가 한순간에 다 빠져나가는 듯한 기분이 들었다. 밤새 예원을 혼란스럽게 했던 이미지가 이것이었나 싶었다. 한 장의 사진. 그리고 짧은 글귀.

'뭐지. 이럴 수 없는데. 이럴 리 없는데.'

예원은 홰홰 고개를 저었다.

"애들 다 난리 났다, 지금!"

지윤이 툭 말을 뱉고 계단 위로 사라졌다. 예원의 앞으로 한 무더기의 아이들이 왁자하게 지나갔다. 아이들 사이로는 소희의 이름이 바쁘게 들락거렸다. 예원은 고개를 휘저었다.

"먼저 간 우리들의 친구, 소희의 명복을 빌어 줍시다."

한 달 전, 담임 선생님은 분명히 그렇게 말했다. 그런데 소희의 인스타그램에 새로운 피드가 올라오다니. 이럴 수는 없었다. 예원은 후들거리는 다리에 힘을 주고, 자리에서 일어섰다. 지금 무슨 일이 벌어지고 있는 건지 차분하게 알아내야 했다.

1부
—

15개월 전, 그날부터

# #
예원

−I'll fly with you into space

잠결로 시오의 목소리가 흘러들었다. 긁는 듯 거칠면서도 부드러운 목소리. 예원은 시오의 목소리를 조금 더 듣고 싶었다. 시오의 목소리를 들으며, 시오와 함께 우주로 날아가고 싶었다. 시오에게는 그럴 만한 능력이 있었고, 예원도 나무랄 데 없는 외모와 재능을 가지고 있었다. 문제는 시오의 눈에 뜨일 수가 없다는 거였다. 시오의 곁에는 예원의 경쟁자가 너무나 많았다. 시오의 손짓, 눈빛, 웃음 하나에 기절할 듯 반응하는 경쟁자들. 아, 어떻게 하면 시오의 눈에 뜨일 수 있을까. 시오를 만날 수 있을까.

"예원아, 임예원!"

엄마의 목소리가 끼어들었다.

"이럴 거면 뭐 하러 알람을 해 놓는 거야."

엄마가 침대 머리맡에서 흘러나오는 시오의 노래를 꺼 버렸다.

"아이, 중요한 순간이었는데!"

예원은 이불을 젖히며 얼굴을 찌푸렸다. 조금만 더 있었으면, 시오의 눈에 뜨일 결정적인 방법을 찾아냈을지도 몰랐다. 엄마는 늘 중요한 순간에 끼어들어 예원의 소망을 깨뜨린다.

"왜, 또 시오 오빠가 나타났어?"

엄마가 실실 웃으며 이불을 개켰다. 이제 꼼짝없이 일어나야 했다.

"으, 빨리 졸업식이나 해 버렸으면 좋겠다."

욕실로 향하며 빽빽 소리를 질렀다. 엄마가 뒤따라 나오며 중학교 졸업하면 금방 고등학생이라고 말을 붙였다. 고등학생. 엄마 입에서 툭하면 나오는 소리다. 그게 뭐라고.

엄마는 고등학생이 되면 하루하루가 살벌하게 바뀔 거라고 예언했다. 하지만 중학교 시절에 연습생 생활을 하던 시오는 고등학교 2학년이 되던 해에 아이돌 가수로 데뷔를 했다. 그리고 1년이 지난 지금 시오는 엄청난 팬덤을 지닌 최고의 스타가 되었다. 아직 고등학생인데도 말이다. 예원에게 고등학생의 이미지는 그랬다. 평범한 일상에서 순식간에 비약할 수 있는 시기. 더 이상 어른들의 테두리에 갇혀 있지 않아도 되는, 스스로의 길을 얼마든지 개척해 갈 수 있는 시기. 그래서 예원은 엄마의 악담이 두렵지 않았다.

"요새는 학교에 가면 뭐 해?"

지하 주차장으로 향하며 엄마가 물었다.

"그냥 아무것도 안 해. 영화 보고 수다 떨고."

"그럼 뭐, 학교 가는 게 싫을 일도 없네."

엄마가 차에 시동을 걸었다.

"아침에 일어나는 거 힘들어."

뒷자리에 앉아 안전벨트를 매며 예원이 구시렁거렸다.

"그러니까 밤에 일찍 자. 핸드폰 좀 그만 들여다보고."

엄마가 룸 미러로 예원을 흘겼다. 그러거나 말거나 예원은 다시 핸드폰을 꺼냈다. 밤사이에 시오의 팬 카페에서는 또 무슨 일이 벌어졌을까 궁금했다. 차는 순식간에 주차장을 빠져나왔다. 거리는 어제 내린 눈에 흙덩어리가 뭉개져 지저분하기 짝이 없었다. 올해는 유난스레 눈이 잦았다.

이거 봄?

시오의 공식 팬 카페 '시타델'에 막 들어가려는데, 사여중학교 3학년 3반 단톡방에 새 글이 올라왔다. 지윤이 누군가의 인스타그램 동영상을 공유한 듯했다. 천천히 확인할 참이었는데 아이들의 반응이 평소와 달랐다.

아이돌 티저 같네.

얘 우리랑 동갑이래.

쩌는데?

꽤 유명한 동영상인 모양이었다. 모른 체할 수 없었다. 예원은 곧장 지윤이 올린 동영상을 눌렀다. 하얀 눈밭에 쿵쿵거리며 시오의 노래가 흘렀다. 신경이 바짝 곤두서는데, 하얀 운동화가 나타났다. 그러고는 시오의 노래에 맞춰 춤을 췄다. 가볍지만 힘이 느껴지는 움직임이었다. 펄펄 쏟아지는 함박눈 속에서 카메라는 교묘하게 하얀 눈밭 위의 운동화에 집중했다. 예원은 28초 남짓한 짧은 영상을 홀린 듯 계속 들여다보았다.

"다 왔는데요, 따님?"

엄마 목소리에 고개를 들었다. 학교 앞이었다.

"아무래도 우리 따님, 중학교 졸업하면 휴대폰 압수해야 할 것 같다."

엄마가 예원을 바라보며 고개를 저었다.

"내가 잘 조절하면서 쓸게요!"

예원은 엄마에게 아양을 부리며 차에서 내렸다. 자칫하다가 엄마에게 핸드폰을 빼앗길지도 몰랐다. 엄마 앞에서는 조심해야겠다고 예원은 생각했다.

"임예원, 봤어, 봤어?"

예원이 교실에 들어서자 반 아이들이 우르르 몰려들었다. 예원은 샐쭉하니 입을 다문 채 자리에 앉았다. 그래도록 아이들은 예원을 따라붙었다. 사여중학교에서 예원은 그런 존재였다. 어디를 가든 우르르 아이들을 몰고 다니는 아이. 만약에 사여중학교를 연예계의 축소판이라 본다면, 사여중학교의 시오 같은 위치가 예원이라고 할 수 있었다.

"봤어."

예원은 차분하게 말했다.

"어땠어?"

"조회 수 장난 아니더라."

"걔 다른 피드도 봤어?"

아이들은 예원이 대꾸할 여유를 주지 않았다. 잔뜩 흥분한 상태로 보였다.

"난 오늘 처음 봤어."

예원은 살짝 미소를 머금은 채 아이들을 둘러보았다.

"하긴 넌 나처럼 SNS 중독자는 아니니까."

지윤이 허탈한 듯 고개를 흔들었다. 예원은 키득거리며 지윤을 보았다.

지윤은 SNS 찬양자였다. 지윤은 SNS를 보면 세상 돌아가는 걸 순식간에 꿸 수 있다고 주장했는데, 지윤이 말하는 세상은 소소했다. 맛집이라든가 유행하는 아이템들, 또래 사이에 돌고 도는 장난스러운 밈, 한 번씩 보고 낄낄거리며 가볍게 넘길 수 있는 것들, 그래서 들여다보면 행복해지거나 즐거워질 수 있는 것. 그게 지윤이 말하는 SNS였다.

하지만 예원의 생각은 달랐다. SNS에는 국제적인 문제가 떠돌기도 하고, 민감한 이슈가 SNS를 타고 번지기도 했다. 어떻게 보면 텔레비전 매체보다 더 막강한 힘을 지닐 수 있는 게 SNS가 아닌가 싶었다.

"그런 건 어른들이나 하라고 해. 예쁘고 신나고 재밌는 것만 골라서 봐도 되는데 뭐 하러 굳이 복잡하고 어려운 걸

들여다보냐?"

SNS에 대한 지윤의 태도는 확고했고, 예원은 지윤의 그런 자세가 싫지 않았다. 그래서 지윤을 따라 인스타그램 계정을 만들었다. 그리고 지윤처럼 소소한 일상들을 예쁘게 포장해서 하나씩 하나씩 업로드했다. 한 명 두 명 팔로워가 생겼고, 예원의 피드에 눌리는 빨간색 하트도 하나둘 늘었다. 지윤은 예원의 피드에 열심히 댓글도 달았다. 학교에서 매일같이 보는 사이인데도 SNS에서 만나는 느낌은 또 달랐다. 스멀스멀 재미가 생겼다. 시오도 SNS를 하면 얼마나 좋을까, 그런 생각도 들었다. 시오의 SNS 계정이 있다면 득달같이 팔로우를 하고, 시오를 태그해서 날이면 날마다 온갖 공을 들여 편집한 사진과 영상을 올릴 수 있는데. 그러면 시오의 눈에 뜨일 기회도 생기지 않을까.

"시오도 보지 않았을까?"

서희의 목소리가 예원의 머릿속을 흔들었다.

"팬 카페에도 올라왔더라고."

지윤이 서희의 말을 받았다. 예원은 얼른 시오의 팬 카페 '시타델'에 들어갔다. 팬들이 이런저런 소식들을 올리는 카테고리에 조금 전, 인스타그램에서 봤던 동영상이 올라와 있었다. 댓글의 반응은 분분했다. 멋있다는 반응도 많았지만, 시오를 이용하고 있다는 비난도 못지않았다. 예원은 그 동영상의 계정을 열었다.

river_now0724

계정 아래에는 출생 연도로 보이는 숫자와 모델 지망생이라는 글자만 간단하게 적혀 있었다. 프로필 사진도 쨍하게 번지고 있는 태양에 눈과 입 모양을 장난스럽게 그려 넣은 게 전부였다. 자신을 드러낸 게 하나도 없었다. 그럼에도 팔로워는 4천 명이 넘었고, 팔로잉은 한 명도 없었다. 그동안 올린 피드는 60여 개에 달했는데 신발과 가방, 옷 사진이 대부분이었고 최근에는 음식 사진도 자주 올리고 있었다. 그중에 몇 개는 짧은 동영상이었다.

"주로 걷기 연습 하는 거 찍어서 올리더라."

옆에 껌딱지처럼 붙어 있던 지윤이 말을 보탰다. 예원은 동영상을 클릭하려다 말았다. 선생님이 교실에 들어온 탓이었다. 그러면 아이들은 핸드폰을 전부 가방에 넣어야 했다. 사여중학교 3학년 3반의 규칙이었다.

출석 체크를 마치고 선생님은 모니터에 영화 한 편을 띄웠다. 이리저리 부딪히면서도 자신의 꿈을 포기하지 않고 끝내 이루어 가는 고등학생의 이야기였다.

선생님은 중학교 졸업을 사흘 앞둔 아이들에게 교과서처럼 보여 주기에 딱 좋을 영화라고 생각했을 거였다. 하지만 선생님의 판단은 틀렸다. 뻔하디뻔해서 뒷이야기에 호기심은 조금도 생기지 않았고, 주인공들이 입은 옷이라든지 주위 배경도 고리타분하기 짝이 없었다. 무엇 하나 눈길을 끄는 게 없었다.

이럴 바에야 자유 시간을 주던가 아니면 자습을 하라고 하지. 시간이 아까웠다. 그렇다고 대놓고 딴짓을 할 수는 없었다. 예원은 누군가의 눈 밖에 나는 짓을 하고 싶지 않았다. 누구에게서든 좋은 말만 듣고 싶었다. 그래야 대접을 받을 수 있다고 믿었다.

영화 한 편을 보고, 졸업식 일정표를 받아 들고, 하루 일과가 끝났다.

"아유, 지겨워. 좀 재미있는 영화를 보여 주면 안 되나?"

교실을 빠져나오며 지윤이 크게 기지개를 켰다. 서희랑 영주도 예원 주위로 붙어 섰다.

"노래방 갈래?"

예원이 물었다. 아이들은 득달같이 좋다고 소리쳤다. 바

람 빠진 풍선처럼 축축 늘어지던 아이들이 팽팽하게 살아
났다. 아이들은 학교 앞에서 큰길까지 걸어 내려온 다음 왼
쪽으로 방향을 틀었다. 그 길을 따라 10분쯤 쭉 걸어가면
사거리가 나오는데, 거기에는 어지간한 로드 샵은 물론 자
그마한 노래방과 카페가 즐비했다.

버스를 타고 20분쯤 나가면 대학가라서 볼거리, 놀거리
가 더 많았지만 오늘은 동네 사거리에 만족하기로 했다. 진
짜 졸업 파티는 버스를 타고 대학가로 나가서 할 작정이었
다. 그때를 위해서 오늘은 간단하게 놀기로 했다.

2층에 있는 하얀 노래방에 자리를 잡았다. 각자 갖고 있
는 돈으로 한 시간 이용료를 내고, 음료수와 과자를 꺼내
왔다. 아이들은 의자에 엉덩이를 붙이기가 무섭게 가방과
패딩을 벗고, 리모컨을 잡았다. 예원은 인기 차트에서 바로
시오의 노래를 찾았다.

"우리도 이거 찍어서 인스타에 올려 볼까?"

지윤이 물었다. 예원은 눈을 크게 뜨고 지윤을 보았다.

"시오랑 노래 제목이랑 다 태그해서."

"그거 진짜 잘하면, 시오가 봐 줄 수도 있어."

서희가 바람을 넣었다.

"시오가?"

예원의 눈살이 찌푸려졌다. 시오는 인스타그램을 하지 않았다. 그러니까 시오가 예원의 영상을 볼 일은 없을 거였다.

"공식적으로는 없다고 해도, 비공식 계정은 갖고 있을 수 있지."

"맞아. 요새 인스타 안 하는 사람이 어딨냐? 너도나도 다 하는데 시오라고 안 하려고."

영주의 말에 지윤이 맞장구를 쳤다.

"어쨌든 공식적으로 하는 건 없으니까."

예원은 겉으로 드러난 사실만 믿고 싶었다. 카더라 통신은 무수한 말을 만들어 냈다. 그렇게 만들어진 말은 또 다른 카더라를 만들어 사람들의 머릿속을 흔들어 댔다. 심지어 거짓을 사실인 양 포장하기도 하고, 사실은 거짓처럼 버려지기도 했다. 그래서 예원은 카더라가 싫었다.

"리버나우 얘, 대단하다."

노래방을 나선 뒤 서희가 핸드폰을 들여다보며 나직하게 말했다. 예원도, 지윤도 river_now0724 계정을 확인했다.

"아침에 팔로워가 4천 명이었는데 그새 5천 명이 넘었어."

"좋아요 수도 엄청난데?"

"얘, 지망생 딱지 금방 떼겠다."

아이들이 한마디씩 말을 보탰고 예원은 말없이 피드를 살폈다. 오늘 올라온 동영상을 빼고는 그다지 특별하다 싶은 것도 없었다. 그럼에도 몇 시간 만에 많은 사람들의 마음이 움직였다. 신기하면서도 묘한 감정이 예원의 신경을 긁었다.

# #
소희

아침 공기는 정신을 번쩍 들게 할 만큼 날카로웠다. 1월이니까 당연하다고 생각하면서 소희는 넓게 두른 목도리에 얼굴을 묻었다.

"또 이런다!"

뒤따라 집을 나서던 소운이 소리를 높였다.

"허리를 딱 세우라고. 학원에서 그러라 했다면서?"

소운이 또 잔소리를 쏟아 냈다. 아무래도 소운에게 괜한 말을 한 것 같았다. 가만히 있을걸. 어쩔 수 없이 소희는 허리를 곧추세우고 고개를 들었다. 찬 바람이 얼굴에 닿았다. 그새 찬 기운에 익숙해져서인지 바람 속에 날카로움은 없었다.

"그거 인스타에 올렸어?"

소운이 생글거리며 팔짱을 꼈다. 이제 이 녀석이랑 등교할 날도 며칠 남지 않았다. 사흘 뒤면 중학교 졸업이다.

"올렸냐고?"

소운이 몸을 흔들며 찡찡거렸다. 소희는 가만가만 고개를 끄덕였다.

"나도 봐야지!"

소운이 핸드폰을 꺼내 들었다.

"길거리에서는 보지 말랬잖아."

부모님이 늘 당부하는 말이었다. 소희는 점잖게 소운을 타일렀다. 소운은 입을 삐죽 내밀며 핸드폰을 주머니에 찔러 넣었다. 사실 소희도 자신의 인스타그램을 들여다보고 싶었다. 이번에는 반응이 괜찮을 거라는 정 실장의 단언 때문만은 아니었다. 소희도 이번 영상은 꽤나 마음에 들었다. 영상을 찍을 때부터 그랬다.

며칠 전, 그날도 제법 많은 눈이 내렸다. 학교에서 일과를 끝내고, 학원으로 향할 때부터 내리기 시작한 눈은 학원에서 90분 동안 걷기 연습을 하고 밖으로 나올 때까지 이어지고 있었다. 사람들의 왕래가 적은 평일 오후라서 그런지, 아니면 학원이 큰길에서 좀 벗어나 있는 외진 곳이라서 그런지는 알 수 없지만, 어쨌든 학원 밖은 온통 하얀빛이었다. 발자국을 내기가 아까울 만큼.

자리에 우뚝 선 채 눈밭 같은 골목을 내다보고 있는데,

전화벨이 울렸다. 정 실장이었다.

"지금 학원 끝났지?"

"네."

"그럼 집에 가지 말고 잠깐 거기에서 기다려."

할 말만 하고 정 실장은 전화를 뚝 끊었다. 학원으로 오고 있는 길인 듯했다. 소희는 조심스럽게 뒷걸음을 쳐서 학원 건물 안쪽에 섰다. 그림자가 길게 드리워진 건물 안에서 하얗게 눈으로 덮인 골목을 바라보는 느낌은 나쁘지 않았다. 덕분에 기다리는 시간도 지루하지 않았다.

"학원에 들어가 있지, 왜 여기 서 있어?"

학원 앞에 주차를 하고, 정 실장은 양손 가득 짐을 들고 차에서 내렸다.

"오늘 수업은 끝나서……."

"참 나, 이 정도 요령도 없어서 어떡하려고. 따라와."

정 실장은 짐을 반짝 들어 올린 채 계단을 밟았다. 소희는 정 실장의 짐을 들어 줄까 말까 고민하며 정 실장의 뒤를 쫓았다.

"소희 이거 입고 뭐 좀 잠깐 찍을게."

정 실장이 학원 문을 발칵 열어젖히며 큰 소리로 말했다.

거울이 박혀 있는 널찍한 연습실 뒤쪽, 조그마한 사무실에서 원장이 나왔다.

"왜, 또, 뭔데?"

정 실장과 원장은 10년쯤 함께 호흡을 맞춘 비즈니스 관계라고 했다.

"실키에서 이것 좀 찍어 보라고 해서……."

정 실장이 들고 온 꾸러미에는 하얀색 굽이 있는 운동화와 짙은 남색 롱 코트가 들어 있었다. 실키는 정 실장이 운영을 도맡고 있는 쇼핑몰이었다. 원장은 코트 색깔이 잘 나왔다며 관심을 보였다.

"그러게, 뭐 하나 터질 만한 걸 잡아야 하는데……."

정 실장은 푸념하듯 말을 뱉고, 소희를 쳐다보았다. 그러고는 얼른 와서 입어 보라고 했다. 소희는 멀뚱멀뚱 정 실장에게 다가갔다.

"오늘 같은 함박눈이 언제 또 오겠어. 이럴 때 멋있는 거 하나 찍어서 올리면 대박 나는 거지."

정 실장의 말에 원장은 피식 코웃음을 쳤다. 정 실장의 설레발이 처음은 아닌 듯했다.

"어디에서 찍을 건데?"

원장이 물었다. 정 실장은 대뜸 옥상을 말했다. 정 실장의 주선으로 소희가 다니고 있는 모델 학원은 3층짜리 빨간색 벽돌 건물 2층에 있었다.

"거기 눈은 깨끗하겠다."

원장이 정 실장 손에 옥상으로 나가는 열쇠를 건넸다. 소희는 정 실장이 시키는 대로 하얀색 운동화를 신고, 남색 코트를 걸쳤다. 코트는 소희 몸에 다소 컸다.

"어차피 얼굴 다 나올 건 아니니까. 가자!"

정 실장은 소희를 데리고 옥상으로 올라갔다. 한 시간이 넘도록 소복소복 쌓인 눈은 주택가 옥상을 강원도 어느 산골의 마당처럼 보이게 했다.

"여기 진짜 딱이다! 뭐를 찍으면 좋으려나?"

옥상 출입문 앞에서 정 실장은 핸드폰을 켜고 이리저리 각도를 쟀다. 겨울 해는 짧았다. 저녁 무렵인데도 벌써 어두웠다. 옥상의 전구 불빛이 하얀 눈밭을 비추고 있었다. 정 실장은 더 이상 시간을 지체할 수 없다고 판단한 듯했다.

"뭐라도 해 보자."

정 실장은 핸드폰으로 시오의 신곡을 틀더니 소희에게 아느냐고 물었다. 소희는 고개를 끄덕였다.

"저 시오 춤도 조금 알아요."

시오의 노래는 학교에서도 종종 흘러나왔다.

"정말? 오늘 일이 좀 되려나 보다."

정 실장은 소희에게 코트 자락을 위로 살짝 들어 올리고 가볍게 춤을 춰 보라고 했다.

"소희가 춤을 춘다고? 이게 무슨 일이래?"

언제 나왔는지 두툼한 카디건을 걸친 원장이 출입문 안쪽에서 소희를 지켜보고 있었다. 정 실장이 빨리 찍어야 한다며 소리를 높였다. 얼떨결에 소희는 옥상으로 나갔다. 어둑한 하늘 아래 밝게 빛나는 옥상은 소희를 위해 준비된 무대 같았다.

소희는 눈을 갸름하게 떴다. 곧장 정 실장의 큐 사인이 떨어졌다. 귓가에는 시오의 노래가 흘러들었다. 가볍고 밝은 노래였다. 소희는 잠깐 망설이다가 살랑살랑 춤을 췄다. 뽀드득뽀드득, 눈 밟히는 소리는 경쾌했고 얼굴에 닿아 부서지는 조명 빛은 포근했다. 편안했다. 정 실장이랑 일을 시작한 뒤로 처음 느껴 보는 감정이었다.

"그 영상은 진짜 좋던데……."

타박타박 걸음을 옮기며 소운이 말했다. 소희는 피식 웃었다. 그러느라 또 고개가 숙여졌다. 소운이 팔꿈치를 툭 쳤다. 허리 펴고 어깨 펴고 턱은 잡아당기되 고개는 들고 똑바로 걷기. 지난 한 달 동안 일주일에 세 번씩 주택가에 있는 모델 학원에 가서 소희가 익힌 거였다. 모델로서 갖춰야 할 기본기라나 뭐라나. 아무튼 소희의 말을 듣고, 소운은 볼 때마다 소희의 자세를 지적했다.

"언니는 정 실장 사기꾼인 줄 알았지?"

소희에게 얼굴을 바짝 들이밀며 소운이 물었다. 소희는 말없이 고개를 끄덕였다.

소희가 정 실장을 만난 건 두 달 전, 중학교 마지막 시험이 끝난 날이었다. 갑작스레 기온이 뚝 떨어져서 콧등이 빨개질 만큼 찬 바람이 몰아치던 날이었다. 소희는 어깨를 잔뜩 옹송그린 채 성큼성큼 걸음을 옮겼다.

시험을 마치고 학교를 빠져나오는 아이들은 찬 바람의 기세를 꺾고 왁자하게 떠들어 댔다. 하지만 소희는 아이들 사이의 왁자함과 거리가 멀었다. 어차피 주절주절 함께 이야기를 나눌 친구도 곁에 없었다. 걸음을 재게 놀려 빨리 사라지는 게 편했다.

"학생, 학생!"

뚜벅뚜벅 땅바닥만 내려다보며 걷는데 누군가가 소희를 잡았다. 소희는 화들짝 놀라며 손을 피했다. 낯선 이가 오른손을 들어 보이며 미안하다고 했다.

"아까부터 쭉 봤는데, 걸음걸이가 좋네. 뭐 바쁜 일 있어?"

낯선 이가 다짜고짜 말을 붙였다. 소희는 입을 꾹 다문 채 몸을 뒤로 뺐다. 모르는 사람과는 상종을 하지 말아야 한다.

"아, 나, 이상한 사람 아니야."

낯선 이는 어깨에 메고 있는 작은 가방을 들추더니 명함 한 장을 꺼냈다. 명함에는 정상훈이라는 이름과 함께 여러 개의 상호가 줄줄이 적혀 있었다. 어느 것 하나 익숙한 상호는 없었다.

"내가 전에는 모델 에이전시를 했었는데……."

더는 들을 필요가 없을 듯했다. 소희는 명함을 돌려주고 팽 하니 몸을 돌렸다. 하지만 낯선 이는 끈질겼다. 소희의 뒤를 맹렬히 쫓으며 말을 붙였다.

"곧 온라인 쇼핑몰을 오픈할 거라, 모델을 찾고 있거든. 우리 쇼핑몰 옷이 딱 학생들 또래가 입을 거라서……. 학생, 정말 걸음 빠르다. 그리고 걸음걸이가 아주 좋아. 내가 모델 에이전시를 해서 모델들을 정말 많이 봤거든."

어느새 집으로 들어가는 골목 앞이었다. 더는 낯선 이를 끌고 갈 수 없었다. 소희는 용기를 내어 말했다.

"저 집에 갈 건데요!"

"아, 그래. 뭐, 처음 보는 사람이 이런 소리를 하니까 수상하기도 하겠지. 그런데 나는 그냥 학생 모델이 필요한 거라서……."

소희는 낯선 이를 향해 허리를 숙였다. 더는 말을 섞고 싶지 않았다.

"그럼 이거 부모님께 보여 드리고 부모님이랑 한번 만나면 안 될까?"

낯선 이가 다시 명함을 들이밀었다.

"그냥, 모델만 해 주면 돼. 얼굴 내놓는 게 싫으면 다 가리고 찍을 수도 있어. 쇼핑몰 오픈이 얼마 안 남아서 정말 급하거든."

낯선 이는 간절해 보였다. 소희도 간절하던 때가 있었다. 그래서 차마 거절할 수가 없었다. 간절하게 바라던 것에게 거절을 당할 때의 기분은 비참하고 초라했다. 다른 사람에게 그런 기분을 느끼게 하고 싶지는 않았다.

소희는 명함을 받아 들고, 자리에 가만히 서 있었다. 낯선 이는 소희의 마음을 알아챈 듯 소희에게 손 인사를 하고, 왔던 길을 되짚어갔다.

집으로 들어와 소희는 컴퓨터를 켰다. 그리고 명함에 덕지덕지 쓰여 있는 상호들을 인터넷 검색창에 쳤다. 오픈 전이라더니 쇼핑몰에 관한 정보는 하나도 없었다. H 모델 학원과 O 에이전시에 관한 내용은 수십 개의 정보 중에 한두 줄 정도 찾아볼 수 있었지만 그다지 믿을 만한 구석은 없어 보였다. 소희는 명함을 책꽂이의 책들 사이에 푹 찔러 넣었다. 하지만 낯선 이는 끈기가 많은 사람이었다. 이튿날에도 그 이튿날에도 소희 앞에 모습을 드러냈다. 그러다 소운의 눈에 뜨였다.

"우리 언니가 꼭 해 줬으면 하는 이유가 뭐예요?"

소운의 질문에 낯선 이는 소희에게 했던 말을 그대로 읊었다. 소운은 마치 소희의 매니저라도 되는 양 명함을 받아 들었고, 그날 저녁 부모님 앞에 그것을 내밀었다.

"언니처럼 내성적인 사람한테는 좋은 기회일지도 몰라요."

소운이 적극적으로 나섰다. 부모님은 소희의 생각을 물었다.

"글쎄요, 저는 잘······."

"언니가 이렇게 말할 땐 하고 싶다는 거예요, 아시죠?"

소운의 말에 부모님은 고개를 끄덕였다. 소희는 가만히 소운의 말을 곱씹었다. 잘 모른다는 말이 하고 싶다는 거였나? 어쩌면 그랬던 것도 같았다. 하기 싫은 일에는 아예 입을 다물었으니까.

"한번 해 볼래?"

엄마가 물었다.

"우리가 먼저 만나 볼까?"

아빠도 물었다. 소희는 마음을 잡지 못하고 명함만 뚫어져라 쳐다보았다. 솔직히 해 보고 싶은 마음이 없지는 않았다. 하지만 그만큼 두려움도 컸다.

아빠가 명함에 적힌 번호로 전화를 걸었다. 낯선 이, 정실장은 이튿날 저녁 득달같이 동네로 찾아와 소희의 부모님을 만났다. 일은 급물살을 탄 듯 빠르게 진행됐다.

정 실장은 소희를 자기 명함에 적힌 모델 학원에 등록시켰다. 정규 수업은 5시부터 90분 동안 두 차례 진행됐다.

모델 학원은 소희네 집에서 지하철을 타고 40분 정도 떨어진 곳에 있었다. 소희의 부모님은 늦은 시간까지 소희가 집 밖에서 배회하는 게 마땅치 않았지만 정규 수업이라 어쩔 수 없다는 정 실장의 말을 따르기로 했다.

소희는 SNS 계정도 만들기로 했다. 정 실장은 소희에게 개인 정보를 최대한 배제한 채 생년월일과 모델 지망생이라는 사실만 드러나도록 SNS 계정을 만들라고 했다. 그리고 하루에 하나씩 피드를 올리라고 했다. 소희는 살짝 걱정이 됐다. 사진을 자주 찍지도 않을뿐더러 애써 찍은 사진조차 인스타그램에 뜨는 사진처럼 감성적이지도 않았다. 이런 소희의 고민을 알아챈 듯 정 실장은 말을 덧붙였다.

"당장 그럴듯한 사진을 올리라는 건 아니야. 다른 SNS 계정들 보고 조금씩 연습하면서 잘되는 포즈부터 올려. 그리고 학원에서 워킹 연습하는 사진이랑 아, 식단! 이제 식단 조절도 해야 하니까, 아침이든 저녁이든 끼니 사진도 하나씩 올리자. 여기서 워킹 동영상 찍는 건 나랑 원장이 도와줄게."

말을 마치고, 정 실장은 곧장 소희 집으로 패션 잡지를 배달시켰다. 그리고 저녁 식단표를 만들어 소희에게 전달했다. 식단표를 보고, 엄마는 이내 걱정을 비쳤다. 잘 먹고 잘 자라야 할 시기에 식단 조절이 웬 말이냐고도 했다.

"엄마, 그래도 열량 다 고려해서 짜 주신 거예요!"

이번에도 소희가 아닌 소운이 나섰다. 아빠는 소희에게 그래도 해 보겠냐고 물었다. 한참을 고민하다가, 소희는 고개를 끄덕였다. 자기 일에 스스로 결단을 낸 게 얼마 만인가 싶었다. 그날부터 무엇인가 잘될 것 같은 기분이 들었다. 절대로 내색은 않았지만.

"언니, 허리 펴고 어깨 펴고, 알지?"

소운은 끝까지 잔소리를 퍼붓고 2학년 교실 쪽으로 사라졌다. 소희는 소운 말대로 허리와 어깨를 폈다. 하지만 시선은 자꾸만 바닥으로 떨어졌다. 원장이 봤다면, 고개 들라고 빽 소리를 질렀을 거였다.

자리에 앉아 핸드폰을 꺼냈다. 톡방에 서른 개가 넘는 메시지가 들어와 있었다. 3학년 3반 단톡방이었다. 소희와는 별 상관이 없는 방. 그렇다고 모른 척 빠져나갈 수도 없는 방이었다.

아침부터 무슨 이야기를 나누었을까 궁금했다. 생각 없

이 소희는 단톡방에 들어갔다. 동시에 소희의 눈은 휘둥그 레졌다. 지윤이 낯설지 않은 피드를 공유해 놓은 탓이었다.

# #
예원

고모가 사 준 담청색 코트를 입고 거울 앞에 섰다. 역시나 너무나 차분하고 얌전해 보였다.

"중학교 졸업인데 이건 뭐……."

고모가 입고 나서기에 딱 맞는 옷 같았다. 예원은 담청색 코트를 내려놓고, 매일 입고 다니던 검정색 패딩을 꺼냈다. 졸업식이라고 뭐 별거 있나 싶었다. 한 시간 남짓이면 끝날 행사였다. 물론 그 행사에서 주인공은 예원일 거였다.

예원은 사여중학교 32기 회장이었고, 아이들 대부분이 탐내는 방송반의 부장이었다. 게다가 중학교 3년 내내 최상위권의 성적을 유지한 터라 졸업식장에서 예원은 몇 개의 상을 쓸어 올 것으로 예상되었다.

졸업생 인사말도 예원이 읽어야 했다. 그렇다면 평소와는 조금 다른 차림이어야 하지 않을까 싶었다. 예원은 검정색 패딩을 침대에 펼쳐 놓은 채 인스타그램을 열었다. 쨍하도록 빨간 코트가 첫눈에 들어왔다. 며칠 전 팔로우를 한

river_now0724 계정에 올라온 피드였다. 그 아래에는 여러 가지 해시태그가 붙어 있었다. 하아! 예뻤다. 선명하도록 빨간 코트가 졸업이라는 글자와 너무나도 잘 어울렸다. 예원은 핸드폰을 들고 거실로 뛰어 나갔다.

"엄마, 엄마! 이것 좀 봐."

엄마가 얼굴에 크림을 문지르며 큰방에서 나왔다. 엄마도 졸업식에 갈 준비를 하고 있었다.

"나도 이런 거, 이런 걸 샀어야 해."

예원은 river_now0724가 올린 빨간색 코트 사진을 엄마 앞에 내밀었다.

"어머, 이쁘다."

엄마도 감탄을 했다.

"그러니까 이런 거 입고 가야 하는데, 난 망했어!"

검정색 패딩도 입기 싫어졌다. 한 시간짜리 짧은 행사지만 예원은 분명 사람들의 눈에 뜨일 거였다. 그런데 검정색 패딩이라니, 그건 행사를 모독하는 행위였다. 색다른 것이 필요했다.

"고모가 사 준 거 있잖아."

"그건 너무 얌전하단 말이야. 내가 뭐 30대 어른이야?"

예원이 입을 불뚝 내밀며 엄마를 흘겼다. 엄마는 얼른 시간을 확인했다. 졸업식까지 한 시간도 남지 않았다.

"아유, 그런 자리에는 얌전하게 입는 게 더 좋아."

엄마가 예원을 구슬리려 들었다. 하지만 예원은 아무 말도 들리지 않았다. 중학교 졸업식 코디에는 river_now0724가 올린 빨간색 코트가 딱이었다. 다른 옷은 다 촌스러웠다.

"지금 이걸 어딜 가서 사?"

엄마가 예원의 핸드폰을 들여다보았다. 예원도 눈을 크게 뜨고 피드를 살폈다.

#졸업식 #졸업식코디 #데일리룩 #겨울코디 #꾸안꾸

#겨울코트 #새로운시작 #실키 #silky #10대쇼핑몰 #곧출시

11개의 해시태그. 그중에 '실키'가 상호인 듯했다. 모델 지망생이라더니 벌써 모델 활동을 시작한 건가 싶었다. 예원은 실키 쇼핑몰을 찾아 들어갔다. 메인 페이지에 river_now0724가 입은 빨간색 코트가 곧바로 보였다. river_now0724가 올린 태그대로 새로운 시작에 어울리는 화사한 옷이었다.

"이거 지금 주문도 안 되는 거네."

엄마가 핸드폰을 들여다보며 말했다. 코트 사진 하단에 '입고 예정'이라는 문구가 적혀 있었다. 졸업식이 며칠만 늦었더라면 싶었다.

그러면 어디에서든 눈에 뜨일 법한 빨간색 코트를 입고, 선생님과 아이들의 박수와 환호를 받으며 중학교를 졸업할 수 있을 거였다. 아쉽지만 하는 수 없었다. 사여중학교의 졸업식은 오늘이었다.

아무래도 검정색 패딩은 너무 밋밋했다. 그리고 흔했다. 검정색 패딩보다는 좀 고루해 보여도 담청색 코트가 나을 것 같았다. 예원은 담청색 코트에 어울리는 손바닥만 한 아이보리색 크로스 백을 메고 워커를 신었다.

졸업식은 오전 10시에 사여중학교 강당에서 시작될 예정이었고, 졸업생은 30분 일찍 교실로 모여야 했다. 엄마는 졸업식 시간에 맞춰서 학교에 오겠다고 했다. 예원은 학교까지 걸어서 가기로 했다. 물론 버스를 타고 가도 되지만, 친구들이랑 30분쯤 수다를 떨며 걸어도 좋을 것 같았다. 오늘은 칼날 같은 바람도 불지 않았다.

집 앞에서 한 블록쯤 걸어 지윤을 만났다. 지윤은 늘 입고 다니던 검정색 패딩을 입고 나왔다.

"오, 너 부잣집 외동 따님 같다야!"

지윤이 활짝 웃으며 예원에게 다가왔다.

"놀리는 거 아니지?"

예원이 샐쭉하니 지윤을 흘겼다. 지윤은 당연히 아니라고 했다. 그러고는 200여 명의 졸업생을 대표하는 사여중학교의 얼굴답다며 예원을 추켜세웠다. 장난인 듯 아닌 듯 애매했지만 듣기에 나쁘지 않았다. 예원의 입에서 슬며시 웃음이 새어 나왔다.

"너, 오늘 아침에 리버나우 계정에 올라온 피드 봤냐?"

지윤이가 river_now0724 계정을 들먹였다. 예원은 말없이 고개를 까딱거렸다.

"걔 이제 모델로 활동하나 봐."

예원도 짐작했던 일이었다. 지윤이 푸르르 입술을 털었다.

"똑같은 중학생인데 누구는 벌써 사회생활 하고, 누구는 다시 고등학교에 갇혀야 하고!"

"걔도 고등학교에는 들어가겠지."

"그래도 걔는 앞으로 할 일이 딱 정해져 있는 거잖아. 우리는 계속 찾아 헤매야 하는 거고."

지윤이 입을 삐죽거리며 털레털레 걸음을 옮겼다. 맞춘

듯이 찬 바람이 불어 가슴을 훑고 지나갔다. 일찌감치 자기의 길을 정해 놓은 아이. 부러웠다. 예원은 아직 자기가 걸어가고 싶은 길을 정하지 못했다.

무엇이든 최선을 다해 최고의 결과를 얻어 내려 기를 쓰고 있기는 하지만 결과물들이 어디를 향하고 있는지는 예원 자신도 알지 못했다. 닥치는 대로 무조건 최선을 다해 최고의 결과를 얻어 내는 것이 과연 효과적인 걸까 생각했다. 그렇지 않은 듯했다.

river_now0724처럼 자기의 길을 정하고, 그 길에 맞추어 준비하는 게 훨씬 효율적일 듯했다. 지난 3년 동안 헛발질만 한 것 같았다. 이리저리 사방팔방으로 뻗어 나간 공들은 제자리를 찾지 못하고 몽땅 사라져 버렸다.

"넌 아니지!"

예원이 마음속에 꾸물거리는 생각을 조곤조곤 풀어내자, 지윤이 단호하게 말했다.

"네가 발길질해 놓은 공 중에 하나는 분명히 네가 갈 길에 놓여 있을걸?"

"…… 그럴까?"

예원이 고개를 갸웃거렸다. 지윤이 목소리에 힘을 넣었다.

"당연하지. 시간은 거짓을 말하지 않는다잖아!"

처음 듣는 말이었다. 예원은 풋 웃음을 터뜨리며, 지윤에게 물었다.

"누가 그래?"

"한지윤 님이!"

말끝에 지윤도 예원처럼 큭큭거렸다. 덕분에 잠깐 무거워지려던 마음이 가벼워졌다. 지윤이 갖고 있는 능력이었다.

학교에 다다르면서 서희와 영주도 마주쳤다. 넷은 오후에 대학가로 나가 무얼 하며 놀까를 두고 한참을 떠들어 댔다. 넷은 졸업 기념으로 액세서리도 하나씩 맞춰서 사자고 했다. 팔찌, 반지에 목걸이까지 각자 선호하는 종류가 다양하게 갈렸다.

"리버나우 걔가 뭐 하나 올려 주면 좋겠다."

서희가 river_now0724를 끄집어냈다. 얼마 전부터 river_now0724는 넷의 수다에 빠짐없이 등장했다. 또래 사이에서 화제가 되는 계정이었고, 그만큼 해당 계정의 팔로워 숫자도 훌쩍 늘었다. 지윤의 말처럼 river_now0724는 더 이상 평범한 중학생이 아닌 듯했다.

"야, 저기 봐!"

종알거리며 학교 정문을 지나는데, 영주가 호들갑스럽게 뒤쪽을 가리켰다. 무슨 일인가 싶어 고개를 돌리는데 낯익은 옷이 보였다. 쩅하니 빨간 코트. 아직은 입고 예정이라 살 수 없는 그 옷이 느릿느릿 사여중학교를 향해 다가오고 있었다.

"뭐지?"

지윤이 빨간 코트를 향해 성큼 걸음을 디뎠다. 서희도 지윤을 쫓았다. 이미 빨간 코트 주위에는 여러 아이들이 두 눈을 번득이며 따라붙고 있었다.

빨간 코트만 주위 아이들의 시선을 느끼지 못하고 있는 것 같았다. 아니 어쩌면 주위의 시선이 부담스러워서 고개를 푹 숙이고 있는 것도 같았다. 뭐지? 혹시 저 빨간 코트가 river_now0724일까. 그럴 것 같지 않았다. 사여중학교에서 모델로 활동할 만한 아이는 떠오르지 않았다. 예원은 빨간 코트의 얼굴을 확인하고 싶었다.

누군가 빨간 코트의 팔을 툭 치자 빨간 코트의 얼굴이 누군가에게로 향했다. 그 사람은 화들짝 놀라며 빨간 코트를 잡았다. 빨간 코트는 옴찔거리더니 고개를 들었다.

후다닥 달려간 지윤이도 그 앞에 우뚝 섰다. 그러고는 큰 소리로 익숙한 이름을 외쳤다.

"강소희!"

3학년 3반 강소희? 믿을 수 없었다. 예원은 눈을 크게 뜨고 빨간 코트를 쳐다보았다. 순간 빨간 코트와 눈이 딱 마주쳤다. 소희가 맞았다.

"쟤 혹시 리버나우 아니야?"

"설마……!"

예원의 혼잣말을 영주가 받았다. 설마.

'그래, 영주 말이 맞을 거야. 소희는 아닐 거야.'

예원은 소희와 초등학교 5학년 때부터 지금까지 쭉 같은 교실에서 지냈다. 모르는 사람이 들으면 대단한 인연이라고 혀를 내두를 테지만 소희와 예원은 서로 다른 극의 끝 지점에 있는 사람들처럼 맞지 않았다.

예원이 모든 활동에 적극적인 반면 소희는 모든 활동에 소극적이었다. 함께해야 할 활동에서조차 소희는 의견을 내는 법이 없었고 작은 역할을 맡겨도 겨우겨우 하는 흉내만 냈다.

예원은 소희의 행동이 영 마땅치 않았다. 그렇다고 마땅치 않은 걸 못 본 척 넘어갈 예원도 아니었다. 예원은 소희에게 이러쿵저러쿵 잔소리를 퍼부었다. 그래도 소희는 달라지는 게 없었다.

그래서 예원은 소희를 무시하기로 했다. 아주 철저하게 투명 인간 취급하기. 그런 채로 자그마치 5년의 세월을 보냈다. 그런데 소희가 빨간 코트를 입고 나타났다. 아직 주문조차 할 수 없는 쨍한 빨간색 코트를.

소희가 느린 걸음으로 다가왔다. 소희 주변에는 여전히 많은 아이들이 들러붙어 있었다.

"정말로 그 옷 맞아?"

예원이 날카롭게 쏘아붙였다. 소희가 살짝 옴짝거리는 것 같았다. 영주가 큰 소리로 물었다.

"강소희, 너 그 옷 어디에서 샀어?"

아이들이 영주를 한 번 쳐다보고는 다시 소희에게로 눈을 돌렸다. 호기심이 가득한 얼굴들이었다.

"흐음!"

어울리지 않게 소희가 헛기침을 했다.

"너 그 옷, 산 거 맞아?"

"아침에 인스타 봤어?"

"너도 인스타그램 해?"

소희의 헛기침이 신호탄이라도 된 것처럼 아이들은 질문을 쏟아 냈다. 예원의 눈살이 절로 찌푸려졌다.

"야, 네가 혹시 리버나우야?"

지윤이 큰 소리로 물었다. 소희 주위에서 재잘거리던 아이들이 동시에 입을 다물었다. 그리고 모두 소희를 보았다. 소희가 입꼬리를 올리더니 아주 당당한 얼굴로 아이들을 빙 둘러보며 고개를 끄덕였다.

"와, 진짜?"

"정말?"

아이들이 탄성을 지르며 소희에게로 몰려갔다. 몇 발짝 떨어진 곳에서 바라보니 소희가 유명 연예인이라도 된 것 같았다.

학교 앞에서 등교 지도를 하던 보안관 아저씨와 부장 선생님이 아이들 쪽으로 달려왔다. 그러고는 놀란 얼굴로 무슨 일이냐 물었다.

"선생님, 소희가 인스타 모델이래요!"

"리버나우요!"

아이들은 대단한 것을 발견한 양 소리를 높이며 벙글거렸다. 보안관 아저씨와 부장 선생님은 무슨 소린지 모르겠다는 표정을 지으며 얼른 교실로 들어가라고 소리를 높였다.

아이들 여럿이 소희 옆에 바짝 들러붙은 채 종알종알 말을 붙였다. 마치 오랫동안 기다려 오던 누군가를 만난 것처럼 아이들 대부분은 달뜬 표정이었다.

"강소희가 리버나우라니……."

지윤도 예원 못지않게 충격을 받은 듯한 얼굴이었다. 예원은 멀어지는 소희와 아이들을 물끄러미 바라보았다. 사여중학교 졸업식의 주인공 자리가 생각지도 못한 곳으로 날아가 버렸다.

# #
소희

졸업식 전날 밤이었다. 부모님이랑 저녁을 먹고 자리에서 막 일어나는 참에 전화벨이 울렸다. 정 실장이 잠깐 집에 들르겠다고 했다. 엄마는 부랴부랴 식탁을 정리했다. 아빠는 환기를 시키겠다며 서둘러 창문을 열었다. 밤공기가 순식간에 들이닥쳤다.

"그 아저씨는 근무 시간도 따로 없나……."

소운이가 종알거렸다. 엄마도 아빠도 비슷한 생각을 하는 것 같았다. 얼굴에 달갑지 않은 표정이 그대로 드러났다. 잠시 뒤 벨이 울렸다. 소희는 재빨리 인터폰을 확인하고, 대문을 열었다.

소희는 골목 안쪽에 자리 잡은 3층짜리 다가구 주택에 살았다. 1층과 2층에는 합해서 다섯 집이 세를 들어 살고 있었고, 소희네는 3층 전체를 쓰고 있었는데, 할아버지가 노후를 생각하며 직접 지어 올린 집이었다.

소희의 부모님은 결혼을 하고 소희와 소운이 초등학생이

되도록 다른 동네에서 살다가 소희가 4학년을 마무리할 즈음 이곳으로 들어왔다. 할머니가 세상을 떠난 뒤에도 꿋꿋하게 이 집을 지키고 있던 할아버지가 돌아가신 탓이었다.

소희가 현관문을 밀고 나서는데, 정 실장이 코앞에 나타났다. 계단을 두 개씩 성큼성큼 밟고 올라온 모양이었다. 현관문 앞에서 정 실장은 소희에게 커다란 종이 가방을 내밀었다.

"이거 입고 SNS에 좀 올려 봐."

정 실장이 황급히 말을 맺었다. 아빠가 현관으로 나와 정 실장에게 들어오라고 했다. 정 실장은 손사래를 쳤다.

"아유, 쉬셔야죠. 굳이 들어갈 것까지는 없고요, 이거 소희가 입고, SNS에 좀 올려 줬으면 해서요……."

"그게 뭔데요?"

엄마까지 현관 앞으로 얼굴을 내밀었다. 정 실장은 하는 수 없다는 듯 신발을 벗고 거실로 들어왔다. 소운이 소희가 들고 있던 종이 가방을 빼앗아 새빨간 코트를 꺼냈다.

"와, 이쁘다!"

소운이 빽 소리를 높이며 코트를 들어 올렸다. 귀여우면서도 우아한 케이프 코트로, 쨍한 빨간 색감이 눈길을 잡았다. 어디에서든 눈에 뜨일 색깔이었다.

"그렇지, 예쁘지? 역시 동생이 패션 감각은 한 수 위라니까. 허허허."

소운의 반응이 마음에 들었는지 정 실장은 어깨를 펴고 껄껄거렸다. 그러고는 10대 쇼핑몰로 전향한 실키의 첫 번째 자체 제작 상품이라고 했다.

"이걸 입고 SNS에 올리라고요?"

엄마가 코트를 만지작거리며 물었다. 정 실장은 곧장 고개를 끄덕였다.

"내일 졸업식장에도 입고 가면 더 좋고요."

"이거 팔 통이 너무 넓어서 추울 것 같은데……."

아빠도 빨간 코트를 쳐다보며 품평을 했다. 정 실장은 전혀 그렇지 않다며 코트를 잡았다. 그러고는 코트 안감을 누비로 처리해서 겨울에도 따뜻하게 입을 수 있고 모자를 뗐다 붙였다 할 수 있어서 활용도가 높다고 말했다. 소운이 바람잡이라도 되는 양 "오오!" 하며 반응을 했다. 그러도록 소희는 가만히 빨간 코트만 쳐다보았다.

"아직 입고 전이기는 한데, 이거 정가가 20만 원 정도 돼. 사진 한 번 찍어 올리는 조건으로 이 코트를 가질 수 있는 건데, 나쁘진 않잖아?"

정 실장이 묵묵히 앉아 있는 소희에게 사정하듯 말했다. 소희는 힐끗 부모님을 쳐다보았다. 부모님은 소희의 의향을 묻고 있는 듯 보였다. 소희는 빨간 코트를 두 손으로 잡았다. 그리고 알겠다 대꾸했다. 어차피 해 보기로 한 일이었다.

정 실장이 돌아가고 난 뒤 소희는 새빨간 코트를 입었다. 아빠의 짐작대로 팔 통이 너무 커서 바람이 숭숭 들어올 것 같았다. 걸을 때마다 케이프가 흔들리는 것이 마음에 들었지만 활동하기에 편한 옷은 아니었다. 매일 입기는 힘들 것 같았다.

"이런 걸 학생 옷으로 내놓는단 말이야?"

옆에서 지켜보던 아빠가 투덜거리자 소운이 얼른 대꾸했다.

"색깔이랑 디자인은 예쁘잖아."

입고 다니기에 불편한 옷은 산 다음에 후회한다. SNS 계정에 피드를 올릴 때 불편한 점이 있다는 사실을 덧붙여야 할까 싶었다. 하지만 소운이 반대했다.

"언니는 모델이지, 소비자 평가단이 아니야."

어차피 옷은 협찬받은 거였다. 굳이 불편한 부분을 부각시켜서 실키에 손해를 끼칠 수 없었다. 소운이 핸드폰을 들고 촬영을 시작했다. 모델로 입은 옷이니만큼 최대한 예쁘고 멋있게 담아야 했다. 소운은 어렸을 때부터 사진 찍는 걸 좋아했다. 사진도 잘 찍어서 소희가 SNS 계정을 만든 후부터는 소운이 소희의 사진을 자주 찍어 주었다.

소운은 사진작가라도 되는 양 소희의 몸을 오른쪽 왼쪽으로 틀어 가면서 열심히 촬영 버튼을 눌렀다. 소희는 소운의 지시에 따라 오른쪽 발끝을 들었다, 내렸다 하며 장단을 맞췄다. 소운이 손뼉을 치며 까르르거렸다. 덩달아 소희도 소리를 내어 웃었다. 오랜만인 것 같았다. 막혔던 곳이 뚫린 듯 시원했다.

이튿날 아침, 부모님이 출근을 하기가 무섭게 소희는 소운을 깨웠다.

"나가서 사진 다시 찍자."

소희의 말에 소운은 한쪽 눈을 찡그리며 왜 그러냐 물었다.

"아무래도 방에서 찍은 사진은 답답해. 나가서 제대로 찍고 싶어."

지난밤부터 아침까지 소희는 내내 빨간 코트를 입고 찍은 사진을 들여다보았다. 빨간 코트를 입은 뒷모습, 앞모습, 옆모습. 그리고 안감이 살짝 보이도록 찍은 모습까지 다양한 각도에서 찍은 사진은 그런대로 봐 줄 만했다.

하지만 소희는 아쉬웠다. 코트를 입고 방 안에서 찍은 사진이라니, 뻔히 연출된 사진이었다. 소희는 자신의 SNS에 진짜 같은 사진을 올리고 싶었다. 그러려면 바깥에서 찍어야 했다.

"우와, 언니가 웬일이래?"

소운이 눈을 비비며 환호를 했다. 아침 7시 30분. 소운이로서는 15분쯤 더 잘 수 있는 시간이었다.

"아침잠 방해해서 미안. 그런데 아무래도 방에서 찍은 사진은 마음에 안 들어."

소희의 말에 소운은 피식 웃었다. 그러고는 잠옷 위에 롱패딩을 걸치고 방을 나섰다. 소희는 재빨리 새빨간 코트를 입고, 얼마 전에 찍어 올렸던 굽 있는 하얀 운동화를 신었다.

"사람들 나오기 전에 빨리!"

막상 대문 밖에 나서니 쑥스러웠다. 소희는 소운을 독촉했다. 소운은 지난밤, 방에서 그랬던 것처럼 소희의 걸음걸이를 지시해 가며 부지런히 사진을 찍었다.

빨간 코트의 쨍한 빛깔이 푸른 기운이 맴도는 아침 공기에 닿아 한결 부드러워 보였다. 그 아래 받쳐 신은 하얀 운동화도 멋스러워 보였다.

소운과 마주 앉아 아침을 먹으며, 소희는 SNS에 올릴 사진을 골랐다. 소운은 입고 전 물건이니 제대로 광고를 하는 게 낫지 않겠냐며 여러 개의 해시태그를 붙이라고 했다. 소운의 말에 일리가 있었다.

소희는 사진 석 장을 차례로 올리고, 그 아래 '실키'와 '10대쇼핑몰'이라는 문구를 태그로 걸었다. 졸업과 동시에 10대 모델의 일과가 시작되는 느낌이었다.

"언니, 이따가 졸업식 갈 때도 꼭 입고 가."

집을 나서며 소운이 잔소리를 던졌다. 졸업생과는 달리 재학생은 9시까지 등교였다. 그리고 종업식을 하고, 10시쯤 마친다고 했다. 소운은 그때쯤 졸업식이 진행되는 강당으로 가겠다 했다. 부모님은 소희의 졸업식에 참석할 수 없었다. 소규모의 무역 회사와 화장품 업체에 다니는 부모님은 회사 일로 자주 바빴다.

거울을 보며 마지막으로 이것저것 체크하는데 빨간색 코

소희 65

트가 소희의 신경을 잡았다. 정말로 입고 가도 될까, 판단이 서지 않았다. 얼마 전 짤막하게 올린 동영상 덕에 반 아이들도 river_now0724에게 관심이 많았다.

예원과 그 패거리들의 관심은 말할 것도 없었다. 그런데 덥석 소희가 빨간 코트를 입고 나타나면 아이들은 river_now0724가 소희라는 걸 단번에 알아보지 않을까 싶었다.

'나 강소희가 너희들이 눈에 불을 켜고 들여다보는 river_now0724야!'

굳이 소리 높여 말하지 않아도 아이들은 알아봐 줄 거였다. 지난 3년 아니 초등학교 5학년 때부터 지금까지 5년 동안 내내 투명 인간 대하듯 무시하던 아이가 너희들이 수시로 들여다보는 river_now0724라는 걸, 아이들이 알아봐 줬으면 싶었다. 그러려면 오늘이 기회였다.

마음을 다잡고 소희는 빨간 코트를 입고 하얀 운동화를 신었다. 핸드폰에 채팅 알람이 떴다. 정 실장이 매우 뿌듯해하는 이모티콘을 보내왔다.

소희는 정 실장의 메시지를 무시하고 집을 나섰다. 용기를 내기는 했지만 마음 한편은 두려웠다. 괜한 짓을 하고 있는 건 아닐까 의문이 생겼다. 파들파들 몸이 떨리는 것 같았다.

다행히 바람은 차갑지 않았다. 바람까지 칼날 같았다면 소희는 그대로 몸을 돌려 집으로 들어갔을 거였다.

골목을 빠져나와 큰길로 접어들었다. 소희네 집은 사여중학교에서 멀지 않았다. 걸어서 10분 남짓. 재학생의 등교 시간은 지난 뒤라 학교로 향하는 아이들도 많지 않았다.

과연 짧은 시간, 많지 않은 아이들 사이에서 river_now 0724를 알아보는 누군가가 있을까 궁금했다. 심장이 두근두근 빠르게 뛰었다.

소희는 고개를 푹 숙이고 학원에서 배운 대로 사뿐사뿐 걸음을 옮겼다. 오른발과 왼발이 살짝 부딪힐 만큼 가깝게 하지만 보폭은 넓게. 원장의 목소리를 머릿속으로 재생시키면서 걸어가는데 낯선 공기가 느껴졌다. 소희를 향하는 힐끗거림 그리고 수군거림. 작정하고 나왔지만 쑥스럽고 민망했다. 교실까지 얼마나 남았을까. 아니, 학교 정문까지 몇 발짝을 더 걸으면 될까. 속으로 가늠하고 있는데 누군가가 왼팔을 툭 쳤다. 자연스럽게 고개가 돌아갔다.

소희를 친 사람의 눈이 휘둥그레졌다. 동시에 소희를 감싸는 낯선 공기가 확 넓어졌다. 수군거림의 진폭도 커졌다.

지윤이 부리나케 달려오더니 소희 앞에 우뚝 섰다. 그러고는 큰 소리로 소희의 이름을 불렀다. 소희는 고개를 반짝 쳐들었다. 그러다 예원과 눈이 딱 마주쳤다. 임예원. 초등학교 5학년 때부터 같은 반이었던 아이. 스스로 잘났음을 무척이나 잘 알고 있는 아이. 그걸 무한히 드러내며 과시하려는 아이.

초등학교 5학년 때였다. 4학년이 끝나 갈 무렵 전학을 온 소희는 아이들 사이에 친한 무리가 만들어져 있음을 알지 못했다. 어차피 새로운 학년으로 올라갔으니 새로운 친구를 사귀면 될 줄 알았다. 하지만 사여초등학교는 작은 학교였고, 전교생 수는 많지 않았다.

학년 당 세 개 반씩 편성되었고 같은 반 아이들 여럿이 다음 학년에도 같은 반으로 배정받았다. 그리고 소희가 들어간 그 반에 예원이 있었다. 소희는 야무지고 당찬 예원이 마음에 들었다. 그래서 예원의 주위를 돌며 예원의 무리에 끼려고 예원의 눈치를 살폈다. 다행히 첫 번째 발표에서 소희는 예원과 같은 모둠이 되었다. 예원은 모둠 아이들을 두루 살피며 역할을 나눠 주고, 각자 준비해 온 활동을 꼼꼼하게 모았다. 그런데 정작 예원이 하는 일은 그것뿐이었다.

실제로 자료를 찾거나 알아보고 준비하는 건 모두 모둠원이 했다.

예원은 지시하고, 채근하고, 발표하는 일만 했다. 그러면서도 온갖 일은 혼자 다 하는 것처럼 생색을 냈다. 소희는 예원이 하는 짓이 마음에 들지 않았다. 그래서 예원에게 다른 모둠원처럼 역할을 맡아 자료 찾는 일을 하라고 했다. 순간 예원의 얼굴은 험하게 굳었다. 옆에 있던 아이들은 소희를 향해 "네가 뭔데?"를 외쳤다. 순식간에 아이들은 소희에게서 등을 돌렸다. 모둠 활동에서 소희를 빼 버렸고, 소희의 말을 무시했다. 예원을 둘러싼 아이들의 응집력은 단단했다. 깨뜨리려고 기를 써도 깨뜨릴 수 없었다. 소희만 점점 그림자가 되어 갔다.

"정말로 그 옷 맞아?"

예원이 앞도 뒤도 없는 물음을 날렸다. 소희는 고개를 숙이며 풋 웃었다. 담청색 코트를 얌전하게 차려입은 예원이 소희 앞에서 부들부들 떨고 있었다. 예원은 지금 분하고 화가 나서 견딜 수 없는 거였다. 자신이 지독하게 무시하던 아이가 자신이 팔로우를 하고, 하트를 누르고, 댓글을 달며 열렬하게 반응하던 river_now0724라는 걸 알았으니 얼마나 속이 끓을까.

당장이라도 핸드폰을 열어 river_now0724의 팔로우를 끊어 버리고, 관심 없는 척 연기라도 하고 싶을 텐데, 지금은 주위에 보는 눈이 너무 많았다. 그러니까 예원은 아무것도 못할 거였다.

"강소희, 너 그 옷 어디에서 샀어?"

예원의 옆에서 영주가 물었다. 소희는 천천히 빨간색 코트의 앞섶을 툭툭 털었다. 연달아 아이들의 질문이 쏟아졌다. 뭐라고 대답을 할까, 미리 생각을 하고 왔어야 했는데, 갑작스럽게 펼쳐진 상황이 소희는 당황스러웠다.

"야, 네가 혹시 리버나우야?"

지윤의 물음에 소희는 고개를 끄덕였다. 애들의 목소리가 더 높아졌다. 보안관 아저씨와 부장 선생님이 쫓아와 빨리 교실로 들어가라고 소리를 높였다. 잘됐다. 소희는 입을 꾹 다문 채 걸음을 옮겼다. 학원에서 배운 대로 허리를 곧추세우고, 어깨를 쫙 펴고, 턱은 살짝 끌어당긴 채 정면을 바라보며 성큼성큼. 아이들이 함성을 지르며 소희를 따라붙었다.

# #
예원

졸업식이 진행되는 동안에도 예원의 기분은 나아지지 않았다. 졸업생 전체와 학부모가 다 함께 모인 강당에서 졸업생 대표로 인사말을 읽고, 상장을 받고, 박수와 환호를 한 몸에 다 받으면서도 예원의 눈길은 자꾸만 빨간 코트에게로 흘렀다. 고개를 빳빳이 들고 정면을 뚫어져라 응시하고 있는 소희는 낯설었다. 저런 아이가 아닌데, 생각하다가 발을 헛디뎠다.

부장 선생님이 부리나케 달려와 예원을 잡지 않았더라면 크게 망신을 당할 뻔했다. 예원의 얼굴은 빨간 코트만큼이나 벌겋게 달아올랐다. 한마디로 엉망진창의 졸업식이었다.

졸업식을 마치고 예원은 곧장 집으로 들어왔다. 아이들이랑 대학가에 나가 노래방이며 옷 가게며 순회를 하기로 한 약속도 일방적으로 깨 버렸다. 아이들이랑 깔깔거리며 돌아다닐 기분이 아니었다.

그렇다고 아이들이랑 소희 이야기를 나눌 수도 없었다.

소희가 아무도 모르게 깔아 놓은 덫에 덜컥 걸린 것 같았다. 그렇게 감쪽같이 숨기다니. 소희가 그럴 줄 몰랐다.

예원은 river_now0724의 팔로우도 끊었다. 더 이상 river_now0724에 신경을 쓰고 싶지 않았다. river_now0724와 관련된 것이라면 무엇이든 싹둑싹둑 잘라 내고 싶었다. 예원뿐 아니라 다른 아이들도 모두 그랬으면 싶었다. 그래서 더 이상 소희가 화제의 중심으로 떠오르지 않기를 빌었다.

"제깟 게 발악해 봤자지."

소희의 코를 납작하게 눌러 주려면 예원이 눈에 띄게 뛰어나야 했다. 예원은 엄마가 미리 등록해 놓은 종합 학원의 예비 고등 반을 열심히 다녔다. 고등학생이 되고 시간이 지나면 빨간 코트를 입은 소희는 아이들의 기억에서 가뭇없이 사라질 거라고 믿었다. 그때 더 높이 날아오르려면 대비를 해야 했고, 예원이 가장 잘할 수 있는 건 아쉽게도 공부였다. 그것만큼은 예원이 최선을 다하는 한 누구도 따라올 수 없을 거였다.

두 달여의 시간을 보내고, 사여고등학교로 진학했다. 그리 크지 않은 동네에 초등학교, 중학교, 고등학교까지 다닥

다닥 붙어 있으니 아이들의 얼굴 또한 초등학교 때나 중학교 때나 고등학교 때나 크게 다르지 않았다. 미술을 전공하겠다고 예술 고등학교로 들어간 영주를 빼면, 지윤과 서희도 예원과 같은 사여고등학교였다. 그리고 그 아이, 소희도 사여고등학교로 들어왔다. 그새 몰라보게 달라진 모습을 하고서.

중학교 때 소희는 앞머리를 눈썹 아래까지 길게 내리고, 무심한 듯 무표정한 얼굴로 소리 없이 교실을 들락거리는 아이였다. 반 아이들끼리 삼삼오오 둘러앉아 인기 있는 화장품이나 브랜드에 대해서 종알거릴 때에도 소희는 아이들 사이에 끼어들지 않았다. 당연히 유행하는 헤어스타일이나 브랜드와는 거리가 멀었고, 얼굴에도 로션 하나 제대로 바르고 오는 것 같지 않았다. 그랬던 아이가 어깨 아래까지 내려오는 긴 머리의 끝부분과 눈썹 아래까지 내려오는 앞머리 끝을 남회색으로 염색했다. 사여고등학교 교복 재킷이랑 비슷한 색감이라 튀지 않으면서도 세련된 느낌이 났다.

"쟤가 진짜로 강소희 맞냐?"

강당에 들어서면서 지윤이 소희를 가리켰다. 쳐다보지

않으려 했지만 어쩔 수 없었다. 예원은 3반 뒷자리에 앉아 있는 소희를 힐끔 쳐다보고 단박에 올라오는 한숨을 애써 삼켰다. 그나마 같은 반이 아니라 다행이었다.

사여고등학교의 입학식이 시작되었다. 예원은 신입생 대표가 되어 강단 앞으로 나가 선서를 하고, 학교 선생님들의 눈도장을 받았다. 예원이 신입생을 향해 돌아섰을 때에는 200여 명에 달하는 신입생이 예원을 올려다보며 손뼉을 쳤다. 예원은 여유 있는 표정으로 아이들을 둘러보고 자리로 돌아왔다.

두 달 전, 졸업식의 스포트라이트는 소희에게 빼앗겼지만 이번에는 달랐다. 시작이 좋으니 분명 끝도 좋을 것이다. 예원만 흔들리지 않으면 된다. 예원은 스스로에게 주문을 걸듯 같은 말을 되풀이했다.

"오늘도 학원에 가?"

입학식이 끝나고, 강당을 빠져나오며 지윤이 물었다. 지난 두 달 동안 학원에 다니느라 지윤에게 소홀했다. 오늘만큼은 지윤이랑 시간을 좀 보내도 될 것 같았다. 지윤이 서희도 불러냈다. 서희는 3반, 소희랑 같은 반이었다.

"너희는 어떻게 또 같은 반이야?"

서희가 자기만 다른 반으로 떨어졌다며 툴툴거렸다. 큰 길가에 있는 즉석 떡볶이집에 마주 앉아서였다.

"그럼 뭐 해, 공부한다고 나랑 놀아 주지도 않는데!"

어묵 국물을 홀짝이며 지윤이 도리질을 했다. 예원은 지윤의 손등을 간질이며 미안하다고 했다. 솔직히 지윤이랑 서희에게는 미안했다. 중학교 때까지 내내 붙어 다니던 사이였으니까.

"넌 공부가 재밌어?"

서희가 두 눈을 동그랗게 뜨고 예원에게 물었다. 예원은 피식 웃었다. 세상에 공부가 재미있어서 하는 학생이 몇이나 될까 싶었다.

"재미있는 것도 아니면서 왜 그렇게 열심히 해? 의사 될 거야?"

"아니……."

예원은 아무리 공부를 잘해도 의사가 되고 싶은 마음은 없었다. 예원은 피를 보면 온몸에 소름이 돋았다. 어렸을 때 태권도장에서 장난을 치던 아이가 도장에 있던 기둥에 머리를 박아 한 바가지쯤 되는 피를 쏟아 낸 뒤 병원으로 실려 간 적이 있었다. 그때의 잔영 때문인지 예원은 피가 싫었다. 병원에서 혈액 검사를 한다며 피를 뽑을 때에도 두 눈을 최대한 세게 감았다. 그런 사람이 어떻게 의사를 꿈꿀 수 있을까.

"그럼 뭐 할 거야?"

서희가 엉덩이를 달싹거리며 예원을 쳐다보았다. 예원은 어깨를 들쭉 들었다 내렸다. 아직은 딱히 하고 싶은 게 없었다.

"그런데 뭘 그렇게 열심히 해?"

지윤이 입을 삐죽거리는데 짜장떡볶이가 나왔다. 지윤은 곧장 뒤집개를 집어 들고, 즉석 떡볶이를 뒤적였다. 지윤은 요리할 때가 가장 행복하다고 했다. 보글보글 음식이 끓어오르는 소리와 지글거리며 재료가 볶아지는 소리, 다각다각 칼질하는 소리가 모두 사랑스럽다고 했다. 지윤은 천상 요리사를 해야 할 것 같았다.

"우리 반 담임이 강소희를 알더라."

서희가 양배추장아찌를 집어 먹으며 툭 말을 뱉었다. 예원의 신경 하나가 날카롭게 솟았다.

"담임이? 진짜?"

지윤이 뒤집개를 휘저으며 소리를 높였다. 지윤도 예원

만큼이나 놀란 모양이었다. 오늘은 신입생 전부가 사여고등학교에 처음 발을 디딘 날이었다. 당연히 사여고등학교 선생님들하고도 처음 만나는 거였다.

"선생님이 뭐라고 그랬는데?"

아무렇지 않은 척 예원이 질문을 던졌다.

"소희를 보더니 '아, 네가 그 학생 모델이구나? 인스타에서 봤다!' 이랬다니까?"

서희가 턱을 치켜들며 선생님 흉내를 냈다.

"헐, 대박! 진짜 제대로 아는 거네."

지윤이 입을 쩍 벌렸다. 예원은 두 눈에 힘을 주고 포크로 떡볶이를 찍었다. 예원은 소희에 대한 기억을 지워 내려 부단히 애를 썼다. 지윤과 수다라도 떨게 되면 핸드폰을 집어 들고 인스타그램을 기웃거리게 될까 봐 지윤과의 수다도 최대한 뒤로 미룬 채 학원을 오가고 과제를 해내며 공부에 매달렸다. 그런데 등교 첫날, 처음 만난 선생님이 단번에 소희를 알아봤다니, 예원은 자존심이 상했다.

"너, 요새는 걔 인스타 안 보지?"

서희가 예원 앞으로 바짝 다가앉으며 물었다.

"그걸 뭐 하러 봐?"

예원은 별스럽지 않은 척 앞접시에 떡볶이를 담았다.

"야, 예원이 거의 공부에 미쳐 있었다니까. 너도 알잖아."

지윤의 말에 서희는 곧장 고개를 주억거렸다. 그러고는 앞접시에 떡볶이를 소담하게 담아내더니, 다시 눈을 빛내며 입을 열었다.

"두 달 동안 엄청난 일이 벌어졌잖아."

예원은 떡볶이를 씹으며 서희를 보았다.

"걔 팔로워 수가 지금 3만 명이 넘어."

서희는 마치 증거물이라도 보여 주는 듯 핸드폰을 꺼내 인스타그램을 열었다. 두 달 만에 들여다본 river_now 0724 계정은 강당에서 본 소희만큼이나 새로웠다. 일단 프로필 사진부터 달랐다. 두 달 전에는 우스꽝스러운 태양 사진이 걸려 있었는데, 이번에는 휴양림의 키 큰 나무를 배경으로 빨간 코트를 입고 서 있는 소희의 모습이 아래에서 올려다본 구도로 찍혀 있었다.

덕분에 소희의 다리는 주위에 서 있는 나무처럼 길어 보였다. 하얀 눈밭 위로 하늘을 향해 쭉쭉 뻗어 있는 침엽수 그리고 소희가 입고 있는 빨간 코트가 어우러져 선명한 이미지를 만들어 냈다. 소희의 포즈도 특별했다. 한쪽 다리를 앞으로 내민 채 두 팔을 번쩍 들어 얼굴을 가리고 있는 소희는 활발하게 활동하고 있는 모델이라고 해도 믿을 만큼 여유로워 보였다.

예원은 얼른 고개를 돌려 떡볶이를 집었다. 프로필 사진 하나에 예원의 마음이 요동치기 시작했다. 그동안 지워 내려고 했던 마음이 한꺼번에 부풀어 올랐다. 소희에 대한 정체 모를 감정이 감추어져 있었을 뿐 지워지지 않은 거였다.

"피드도 엄청나게 많이 올렸어. 얘 이런 앤 줄 몰랐는데 보니까 다이어트에도 관심이 많고, 옷도 잘 입는 것 같더라. 얘가 올린 것들 다 괜찮아."

서희는 마치 자기 일이라도 되는 양 목청을 높이며 자랑스러워했다. 예원은 고개를 살짝 숙인 채 말없이 떡볶이를 씹었다.

"다 가르쳐 줬겠지. 걔가 갑자기 그렇게 됐겠냐?"

지윤이가 입을 삐죽거렸다. 예원은 지윤이 마음에 들었다.

"가르쳐 준다고 다 얘만큼 할 수 있겠어? 얘는 뭔가 태가 다른 것 같아!"

서희가 핸드폰을 들여다보며 좋아요 개수가 엄청나다는 둥 댓글도 주렁주렁 많이 달려 있다는 둥 떠들어 댔다. 가만히 앉아 듣고 있기가 불편했다. 어떻게 지워 낸 아이인데, 제발 그만 좀 하라고 소리치고 싶었다.

"야, 이것 좀 봐. 무슨 엔터테인먼트 회사라는데, 만나고 싶다고 댓글 달았는데?"

서희가 발을 동동 구르며 예원 앞으로 핸드폰을 내밀었다. 더는 참을 수 없었다. 예원은 자리에서 발딱 일어나며 서희의 핸드폰을 툭 쳐 냈다. 서희의 핸드폰이 탁자 아래로 떨어졌다.

"야, 임예원!"

서희가 눈을 휘둥그레 뜨고 예원을 올려다보았다.

"그렇게 걔가 좋으면 걔한테 가. 내 앞에 앉아서 열받게 하지 말고!"

빽 소리를 지르고, 예원은 가방을 집어 들었다. 지윤이 예원을 잡으려 손을 뻗었다. 하지만 예원은 잽싸게 가방을 메고 떡볶이집을 나섰다.

"야, 임예원, 내가 네 기분을 꼭 살펴야 돼?"

등 뒤에서 서희의 말이 험악하게 솟구쳤다. 서희를 말리는 지윤의 목소리도 들렸다. 그래도 예원은 뒤도 한 번 돌아보지 않은 채 뚜벅뚜벅 걸음을 옮겼다. 이제 예원의 기억에서 서희도 지워 낼 거였다.

"어머, 일찍 왔네?"

도어 락을 열고 집으로 들어가는데 엄마가 현관 쪽으로 달려왔다. 혼자서 점심을 먹던 중인 듯했다. 예원은 인사를 생략한 채 방으로 훌쩍 들어왔다. 엄마가 예원을 쫓아오며 무슨 일이 있느냐고 물었다. 예원은 교복을 벗으며 입을 꾹 다물었다.

"모처럼 친구들 만나고 온다더니 왜 그래?"

엄마가 다정하게 말을 붙였다. 하지만 예원은 만사가 다 귀찮았다. 짜증이 났다. 엄마에게 혼자 있고 싶다고 소리를 질렀다. 엄마는 벙찐 표정으로 예원을 쳐다보고는 밖으로 나갔다. 교복을 벗어 놓고 예원은 침대에 풀썩 드러누웠다.

서희의 살랑거리던 목소리가 귓가를 맴돌았다. 서희뿐만이 아닐 거였다. 사여고등학교의 신입생들은, 아니 2학년, 3학년 재학생들도 소희의 입학을 반기고 있을 거였다. 소희네 담임도 그랬다고 했다. 두 달 동안 괜한 짓을 한 것 같았다. 아침부터 밤늦게까지 주말도 없이 학원을 오가며 과제를 하고 과외를 받고 그러지 말걸. 그 시간에 아이들이 관심 갖는 것들을 싹 다 조사하고 하나하나 분석해서 SNS

에 올려놓을걸. 그랬으면 소희를 뛰어넘는 또 다른 셀럽이 될 수 있지 않았을까.

다른 아이도 아니고 소희인데, 그 아이 하나를 이기지 못하고 있다니, 이럴 수 없다는 생각이 불끈불끈 치받았다. 예원은 침대에 드러누운 채 핸드폰을 열었다. 그리고 몇 달 전에 만들어 놓은 자신의 인스타그램 계정에 들어갔다. 지금까지 올린 피드는 모두 스무 개 남짓. 피드에 비하면 백 명이 채 안 되는 팔로워도 많은 것 같았다.

'이제부터라도 SNS를 파 볼까.'

너무 늦은 건 아닐까 싶었다. 하지만 예원은 쉽게 포기가 되지 않았다. 선생님들의 관심, 친구들의 찬사. 그 모든 것의 중심에 있고 싶었다. 그런데 지금 그 자리를 차지하고 있는 건 소희였다. 예원은 소희가 빼앗아 간 자리를 되돌려 놓고 싶었다.

# #
소희

　실키에서 제공한 빨간 코트를 입고, 졸업식에 참석할 때까지만 해도 소희는 기분이 좋았다. 아이들의 환호와 관심이 나쁘지 않았고, 무엇보다 소희를 바라보던 예원의 얼뜬 표정을 확인한 게 좋았다. 예원은 확실히 기분이 나빠 보였다. 소희를 바라보던 멍한 눈길 그리고 확 일그러진 얼굴이 그것을 방증했다. 소희는 자신이 예원의 기분을 망쳐 버린 게 기뻤다. 5년 동안 보이지 않게 이어지던 싸움에서 끝내 승리한 기분이랄까. 하지만 들뜸도 잠시였다.

　졸업식을 마치고, 학교를 빠져나오는 순간까지도 소희를 둘러싼 눈길은 걷히지 않았다. 아무 말 없이 서걱서걱 걸음을 옮기는데도 아이들은 소희를 바라보았다. 그럴수록 소희의 걸음은 자꾸만 뻣뻣해지는 것 같았다. 얼굴도 갈수록 굳어 갔다. 짙은 호기심과 궁금증이 묻어나는 눈길에 소희는 갇힌 것만 같았다. 빨리 벗어나고 싶었다.

　"언니, 졸업 축하해!"

고개를 푹 숙이고 걷는데, 소운이 활짝 웃으며 소희에게 다가왔다. 소운은 소희에게 언제나 든든한 지원군이었다. 소희는 소운의 팔을 잡고, 고개를 푹 숙인 채 쫓기듯 성큼성큼 걸음을 옮겼다. 소운은 소희에게 질질 끌려오며 왜 그러냐는 말만 되풀이했다.

"괜히 입고 갔어, 괜히!"

집에 들어와 소희는 곧장 빨간 코트부터 벗어 던졌다. 생각이 짧았다. 아이들 사이에서 river_now0724가 얼마나 화제가 되고 있는지 뻔히 알면서 빨간 코트 피드를 올린 날, 왜 그 코트를 입고 학교에 갔을까.

되짚어 보면 마음속 깊은 곳에 예원이 있었다. 초등학교 5학년 때부터 중학교 졸업에 이르기까지 5년 동안 예원은 항상 소희를 무시했고, 소희는 예원에게 대적하지 못했다. 그 틀을 깨고 싶었다고나 할까. 졸업식 날의 해프닝은 그렇게 단순한 치기에서 시작됐다.

문제는 그날 이후였다. 인스타그램에 소희가 모르는 소희의 사진이 뜨기 시작했다. 사여중학교에 다니는 누군가의 계정에서 시작된 것이었고, 사진은 소희의 의지와는 상관없이 찍힌 것들이었다. 재빨리 고개를 돌리는 찰나이거

나 무표정하게 앞을 내다보는 옆모습 혹은 고개를 푹 숙이고 걸어가는 뒷모습까지, 언제 이렇게 찍었을까. 왜 이런 사진을 올렸을까. 인스타그램에 번지는 자신의 사진을 들여다보며 소희는 내내 한숨을 뱉었다.

"이렇게 사진 찍는 걸 언니는 몰랐어?"

소운도 인스타그램을 들여다보며 얼굴을 찡그렸다. 소희는 살그머니 고개를 숙였다. 갑작스럽게 쏟아지는 아이들의 관심에 소희는 정신이 없었다. 찰칵거리는 소리는 들었어도 그게 자신을 찍는 거라고는 상상을 못 했다. 졸업식 날이니까 다들 각자의 추억을 남기기 위해 부지런히 사진을 찍어 대는 줄 알았다.

"걱정 마, 언니. 나쁜 짓 하는 사진도 아닌데, 뭐."

소운이 대수롭지 않은 듯 말을 던지고 부엌으로 갔다. 뭐라도 만들어 먹자는 거였다. 소희는 무슨 일이든 크게 생각하지 않는 소운의 대범함이 부러웠다. 퇴근을 하고 집으로 들어온 부모님도 소운과 비슷한 반응을 보였다.

"어차피 사람들 앞에 서야 한다는 거, 알고 있었잖아?"

엄마가 물었다. 소희는 엄마를 빤히 쳐다보았다. 엄마 말은 분명 맞았다. 그런데 왜 이렇게 불편할까 싶었다.

"아직 준비가 덜 된 것 같아?"

이번에는 아빠가 물었다. 소희는 단박에 고개를 끄덕였다. 아직은 준비가 덜 되었다. 그 말이 딱 맞았다.

"그럼 정 실장한테 연락해서 제대로 준비를 해 달라고 할까?"

아빠의 말에 소희는 반짝 눈을 빛냈다. 아빠는 정 실장에게 곧장 전화를 걸었다. 정 실장의 호탕한 웃음소리가 전화기 너머로 들렸다. 그러고는 내일부터 모델 수업을 조금 더 보강하겠다고 말했다.

소희는 뻐근한 가슴을 안고 방으로 들어왔다. 제대로 준비한다는 게 무엇일지 소희는 알지 못했다. 여전히 안갯속에 들어앉은 꼴이었다. 하지만 웅크리고 있을 수 없었다. 어쨌든 소희의 결정으로 시작된 일이었다. 하는 데까지는 최선을 다해 보고 싶었다.

이튿날 소희는 평소에 입고 다니던 검정색 패딩에 까만 목도리를 둘둘 말고 집을 나섰다. 소운이 빨간 코트를 입고 나가라 했지만 아직은 자신이 없었다. 대중에게 자신의 모습을 제대로 보여 줄 수 있을 때까지 소희는 자신이 river_now0724인 것을 감추고 싶었다.

평일 저녁이라 그런지 버스에는 사람이 많았다. 혹시나 누군가 아는 체를 할까 싶어 소희는 목도리에 얼굴을 파묻었다. 지하철에서도 소희는 목도리로 얼굴을 반쯤 가린 채 창밖을 보았다.

소희가 타고 있는 지하철 2호선은 지상을 달렸다. 창밖으로 금이 간 낡은 아파트와 덩치 큰 상가 건물이 획획 지나갔다. 도대체 이 도시에는 얼마나 많은 사람들이 살고 있는 걸까. 그중에 SNS를 하는 사람들은 또 얼마나 있는 걸까.

짧은 동영상이 기대 이상의 큰 화제가 되고, 빨간 코트 사진이 SNS 구석구석을 돌아다니면서 river_now0724의 팔로워 수도 눈에 띄게 늘었다. 자연스러운 현상이었다. 하지만 소희는 알 수 없는 불안감에 사로잡혔다.

'아직 준비가 덜 되어서일 거야.'

소희는 고개를 크게 저어 불안감을 떨쳐 냈다. 모델 강소희의 삶은 이제 시작이었다.

모델 학원에서는 소희에게 스트레칭과 근력 운동을 시켰다. 그런 다음 걷기 연습과 시선 맞추기, 눈길 돌리기 등의 연습이 더해졌다. 원장과 눈싸움을 하듯 팽팽하게 눈을 맞추고 있을 때는 자꾸만 고개를 돌리고픈 충동이 일었다.

하지만 그 또한 모델에게 필요한 과정이라고 했다. 원장은 패션쇼에서 워킹을 하고 있는 모델의 모습을 보여 주기도 했다.

"보기에는 그냥 성큼성큼 걷기만 하는 것 같지? 절대 아니야. 나름대로 다 계산된 연기가 있는 거라고. 옷에 따라 모델들 눈빛이 어떻게 달라지는지 잘 봐. 어떤 포즈를 잡아야 옷 라인이 더 잘 사는지. 그것까지 정교하게 계산할 수 있어야 최고의 모델이 되는 거야."

원장의 말을 들을수록 모델의 세계는 어려운 것 같았다. 아무나 할 수 있는 일이 절대로 아니었다.

"저처럼 아무 생각 없이 덥석 덤벼도 되는 일일까요?"

무심결에 머릿속 생각이 튀어나왔다. 원장이 소희를 보며 싱긋 웃었다.

"시작할 때는 대부분 아무 생각이 없어. 여러 가지 경험을 하면서 모델로 다져지는 거지. 지금 너는 그 과정에 있는 거고."

"아……!"

과정에 있다는 말이 소희에게 위로가 되었다. 과정 중에 있는 지금 이 시간을 잘 견뎌 내야겠다는 생각이 들었다. 학원에서 보내는 시간이 점차 늘어 갔다. 주말에는 한 번씩 부모님의 허락을 얻어 특별 수업에 참여하기도 했다. 특별 수업도 평일에 하는 수업과 크게 다르지 않았다. 다만 모델 지망생 여럿을 한꺼번에 만날 수 있는 기회가 되었고, 자신과 비슷한 처지에 있는 사람들을 만나는 건 소희에게도 큰 자극이 되었다. 덕분에 소희의 마음도 단단해져 가는 듯했다.

한 달여 시간이 흐른 뒤, 정 실장에게서 연락이 왔다. 실키와 정식으로 계약을 하자는 거였다. 실키는 정 실장의 쇼핑몰이나 다름없었다. 때문에 소희는 몇 차례, 실키에서 자체 제작 한 옷을 입고 사진을 찍어 SNS에 올렸다. 모두 실키의 광고인 셈이었다. 그럼에도 굳이 계약이라는 과정을 거쳐야 하나 싶었다. 하지만 계약은 부모님이 원하는 바였다.

"이왕에 일을 하려면 절차도 제대로 밟아야지."

아빠는 매사 꼼꼼하고 차분한 성격이었다. 급하게 서두르거나 에두르는 법이 없었다.

토요일로 날짜를 정하고, 부모님과 함께 정 실장의 사무실로 나갔다. 그곳에서 부모님은 이런저런 조항이 가득한 계약서에 쾅쾅 도장을 찍었다.

"아직은 뭐 프로라고 하기도 모호한 상황이니까, 이 정도로 하시고요. 소희가 조금 더 커서 여기저기서 부르는 데가 많아지면, 그때는 진짜로 만족하실 만한 계약서를 만들어 드리겠습니다."

정 실장이 떵떵 큰소리를 쳤다. 허세라고 소희는 생각했다.

계약을 마치고, 정 실장은 소희를 데리고 멀지 않은 휴양림으로 향했다. 정 실장 옆에는 사진작가와 보조가 따라붙었다. 키 큰 나무가 빽빽한 휴양림에서 소희는 실키에서 판매할 옷을 몇 차례 갈아입으며 사진을 찍었다. 그중에는 소희의 트레이드마크라고 할 수 있는 빨간 코트도 있었다.

정 실장은 빨간 코트를 입고 찍은 사진을 소희 계정의 프로필 사진으로 걸자고 했다. 집으로 돌아오는 차 안에서 소희는 인스타그램의 프로필 사진을 바꿨다. 무엇인가가 달라지는 느낌이 들었다. 계약을 하고, 사진작가를 대동해서 사진을 찍었다.

이제는 진짜로 프로의 세계에 발을 담그게 되는 걸까. 프로의 세계는 지금이랑 많이 다를까. 갑자기 가슴이 두근두근 뛰기 시작했다. 뿌연 안갯속에 가려졌던 길이 조금씩 선명하게 드러나는 것도 같았다.

'이게 진짜로 내가 바라던 걸지도 몰라.'

소희는 그렇게 생각하기로 했다. 그래야 소희의 마음이 편할 것 같았다. 부지런히 학원을 오가며 소희는 머리에 염색을 하고, 스튜디오에서 실키의 봄옷을 입고 촬영을 진행했다. 촬영장에는 실키의 대표와 모델 학원 원장도 함께했다. 소희는 실키의 대표가 전해 주는 대로 옷을 갈아입고, 원장의 지도를 꼼꼼히 챙겨 가며 카메라 앞에 섰다.

찰칵찰칵 셔터 소리와 함께 펑펑 조명도 터졌다. 정 실장과 사진작가가 연신 잘한다며 칭찬을 던졌고, 실키의 대표도 만족스러운 듯 미소를 보였다. 원장은 더 섬세하게 시선을 고쳐 주고 손끝을 잡아 줬다. 덕분에 지난번 빨간 코트 사진과는 비교도 할 수 없는 멋스러운 사진이 탄생했다.

실키에 새 사진이 올라간 날, 정 실장은 소희에게 몇 장의 사진을 건네며 소희의 인스타그램 계정에 올리라고 했다. 정 실장이 보내 준 사진은 이른바 B컷이라 불리는 것으로 옷보다는 촬영 현장이 도드라지게 보이는 것들이었다.

때문에 사진 속 소희는 전문 모델이라기보다는 모델로 활동하는 평범한 고등학생 같았다. 이걸 왜 올리라고 하는지 소희는 이해할 수 없었다. 하지만 소운의 생각은 달랐다.

"연예인들도 SNS에는 일상적인 것들을 올리잖아. 왜 그러겠어?"

소희는 두 눈을 슴벅이며 소운을 보았다.

"이웃집 언니 같고 친구 같잖아. 그래서 친근해 보이고, 가까이 있는 사람 같고."

"그게 좋은 건가?"

소희는 고개를 갸우뚱 기울였다. 모델로 활동을 시작했으니 모델로 보이고 싶었다. 굳이 일상적인 모습을 얹어서 평범해지고 싶지 않았다.

"지나치게 완벽해 보이는 사람한테는 벽이 생기는 거야. 벽을 없애야 사람들이 자꾸 찾지. 아유, 언니는 그런 것도 몰라서 어떡하나?"

소운이 도리질을 하며 끌끌 혀를 찼다. 소희는 소운을 보며 피식 웃었다. 소운의 말대로 하는 게 좋을 것 같았다. 소운은 촬영 현장에서 느꼈던 것들을 피드에 적어서 함께 올리라고 했다. 한 살 아래 동생이 자꾸만 언니 노릇을 하려 들었다. 그래서 소희는 소운이 좋았다. 여기까지 온 것도 소운의 응원 덕이었다.

소희는 SNS 계정을 열어 정 실장이 보낸 사진을 업로드했다. 그리고 한참을 썼다 지우기를 되풀이하다가 짤막한 글 한 줄을 적어 함께 올렸다.

---

river_now0724 수많은 스태프와 함께 진행한 실키 의류 촬영 현장. 막내라서 참 좋았다.

소희는 맨얼굴을 드러낸 것 같아 민망하기도 하고 두렵기도 했다. 그래도 일단은 그냥 두고, 팔로워들의 반응을 살펴보기로 했다. 잠시 뒤 좋아요 숫자가 훅훅 올라갔다. 더불어 뭉텅뭉텅 댓글도 달렸다. 새롭고 신선하다는 반응이 대부분이었다. 자기 언니였으면 좋겠다거나 동생 삼고 싶다는 댓글도 있었다.

비록 얼굴을 보고 함께 떠들 수 있는 건 아니지만 누군가에게 친근하고 가까운 사람이 된 것 같았다. 소희는 소운을 향해 엄지손가락을 들어 올렸다. 소운은 그럴 줄 알았다는 듯 해죽거렸다.

사여고등학교의 입학식이 있는 날, 소희의 담임과 같은 반 아이들은 소희를 힐끔거리며 소희에게 아는 체를 하려

들었다. 소희는 생긋 웃으며 그들의 시선을 당당하게 받아들였다. 아이들의 환호가 터졌다. 소희는 자기를 향한 환호가 싫지 않았다.

# #
예원

학원이 끝나고, 예원은 가방을 챙겨 밖으로 나왔다. 한숨이 길게 새어 나왔다. 고등학생이 되고 겨우 한 학기가 끝나 갈 무렵인데 벌써 지치는 느낌이 들었다. 온몸에서 좋은 기운이 몽땅 빠져나간 느낌. 이런 느낌으로 어떻게 2년 반을 버틸까. 까마득했다.

"고등학교 시절은 3년간 달려야 하는 마라톤이야. 그러니까 초반에 너무 힘 빼지 마라. 끝까지 달리지 못하고 엎어진다."

개별 상담 시간에 담임이 예원에게 건넨 말이었다. 그때가 3월 말, 중간고사를 치르기 전이었는데도 담임 눈에 예원은 아슬아슬해 보였나 싶었다. 담임의 말을 곱씹으며 예원은 끝을 생각했다. 끝. 과연 고등학생의 끝은 어디일까. 역시 대학인가.

대학을 끝으로 삼아 달리고 있다는 게 예원은 한심했다. 하지만 다른 끝은 보이지 않았다. 어쨌든 인문계 고등학교로 진학을 했으니, 인문계 고등학생에게 맞는 끝을 향해 달리긴 해야 할 것 같았다. 그래도 가슴이 답답한 건 어쩔 수 없었다.

예원은 자리에 우뚝 선 채 둥근 달을 올려다보았다. 어렸을 때 달은 노란빛인 줄 알았다. 깜깜한 어둠을 뚫고 금가루 같은 노란빛이 세상을 밝게 비추어 준다고 믿었다. 하지만 지금, 예원의 눈에 비친 달은 하얀빛이었다. 생기를 잃어 병약해 보이는 허약한 달. 꼭 예원 자신 같았다.

드르르르-.

주머니에서 진동이 울렸다. 밤 10시. 학원 앞으로 예원을 데리러 온 엄마의 채근 전화일 거였다.

"지금 가."

예원은 짧게 말을 뱉고, 전화를 끊었다. 그리고 하얀 달에게 꽂혀 있던 시선을 돌렸다. 지금은 한가하게 달을 보고 있을 때가 아니었다. 고등학교 1학년 1학기의 마지막 시험이 코앞이었다.

"피곤해?"

자동차 뒷자리에 앉아 눈을 감고 있는데, 엄마가 물었다. 예원은 아무 말 없이 몸을 외로 틀었다.

"피곤하면 오늘은 그냥 집으로 가자."

"싫어."

학원 수업이 끝나면 예원은 아파트 단지에 있는 독서실로 갔다. 거기에서 새벽 1시까지 학원에서 수업한 내용을 복습했다. 그러면 엄마는 그때 다시 예원을 데리러 독서실로 나왔다.

"컨디션 조절도 해야 하는데……."

엄마가 룸 미러로 예원을 보았다. 얼굴에 걱정이 가득했다. 예원은 아무 말도 하지 않았다. 어차피 대꾸가 필요한 말도 아니었다.

입학식을 마치고, 예원은 잠깐 마음이 흔들렸다. 예원이 학원에 몰두하며 평범한 고등학생이 되어 가는 사이에 소희는 화려한 조명을 받으며 많은 사람들의 관심을 받는 셀럽이 되어 있었다. 순간 예원은 뒤통수를 세게 얻어맞은 느낌이었다. 잘못되었다는 생각이 예원을 강하게 휘어잡았다.

예원과 소희의 자리를 바꾸어야 한다고도 믿었다. 하지만 방법이 없었다. 예원과 소희의 처지는 하늘과 땅만큼 갈렸다. 생각할수록 화가 났고, 그럴수록 예원의 입에서는 곱지 않은 말이 튀어나왔다. 서희는 예원을 쌈닭이라 불렀고,

지윤도 예원을 불편해하는 것 같았다.

이리저리 궁리를 하다가, 예원은 가면을 쓰기로 했다. 부글부글 끓는 속을 누르고, 지금까지 그랬던 것처럼 아이들을 몰고 다니며 소희의 주위를 얼쩡거리기로 했다. 하지만 현실은 생각과 달랐다. 아이들은 예원의 곁에 예전처럼 들러붙지 않았고 오히려 소희의 곁에 진을 치며 방어벽처럼 굴었다.

다른 방법이 없었다. 예원은 오롯이 공부에 집중하기로 했다. 성적으로 소희를 누르고, 선생님과 아이들의 눈길을 잡아 오리라 마음먹었다. 하지만 예원은 기계가 아니었다. 아무리 마음을 다부지게 잡았더라도 하루 종일 공부에만 매달릴 수 없었다. 하루에 한두 시간 마음 놓고 핸드폰을 들여다볼 시간이 필요했고, 그러기에 가장 좋은 장소가 늦은 시간의 독서실이었다.

독서실에 앉아 예원은 손목시계를 풀어 책상 위에 세웠다. 밤 10시 20분. 핸드폰부터 잡을까 하다가 학원 교재를 꺼냈다. 핸드폰을 잡으면 시간은 눈 깜짝할 새 지났다. 일단은 해야 할 것부터 하는 게 맞았다.

오늘 학원에서는 수학 문제만 여섯 장을 풀었다. 난이도

가 꽤 있는 문제들이었다. 예원은 오늘 풀었던 문제들을 다시 한번 눈으로 훑고, 가방에서 오답 노트를 꺼내 풀리지 않는 문제를 옮겨 적었다. 그런 다음 문제들을 하나씩 다시 풀었다. 설명을 듣고 온 터라 문제를 푸는 데 큰 어려움은 없었다. 더 능숙하게 문제를 풀려면 다른 문제집에서 비슷한 유형을 찾아 확인을 해야 하는데 어느새 자정이 다 되어 갔다. 한 시간 만에 해결할 수 있는 문제가 아니었다. 오늘은 여기까지만 해야 할 것 같았다. 눈도 뻑뻑했다.

예원은 교재를 가방에 넣고, 핸드폰을 꺼냈다. 지윤에게서 카톡이 와 있었다.

놀고 싶다

밤 11시 10분에 보낸 메시지였다. 예원은 지윤의 메시지를 보며 희미하게 웃었다. 지윤이라도 곁에 있어 다행이라는 생각이 들었다. 학교에서 그나마 숨을 쉴 수 있는 것도 모두 지윤이 덕이었다.

뭐 하고 놀래?

예원은 지윤에게 답을 보냈다. 하지만 메시지 옆에 새겨진 숫자는 사라지지 않았다. 그새 잠이 든 모양이었다. 푸르르 풍선에서 바람이 빠지는 기분이 들었다. 예원도 지윤과 같은 마음이었다. 마음을 짓누르고 있는 묵직한 돌덩이를 끄집어내고 마음껏 놀고 싶었다.

내일 학교에 가면 지윤이랑 언제 뭘 하며 놀지 계획을 짜 봐야지 생각하는 순간 마음속 돌덩이가 살짝 가벼워지는 느낌이 들었다. 돌덩이가 완전히 사라져 버리면 얼마나 좋을까 싶었다. 쉽지 않을 일이었다.

독서실에서 한 시간 남짓 보낼 수 있었다. 예원은 버릇처럼 인스타그램을 열었다. 이 시간 즈음이면 예원에게 DM을 보내는 아이가 있었다. 그런데 인스타그램을 열자마자 소희의 새 피드가 가장 먼저 보였다.

"또 뭘 올린 거야……?"

예원은 아랫입술을 잘근잘근 씹으며 그 피드에 달린 댓글들을 확인했다.

- 넘 예뻐요.

- @sky_324 취저 아님?

─ 아. 잘 어울린다

　팔로워들은 친구까지 소환하며 소희의 계정을 공유하고 있었다. 이 시간까지 소희는 혼자가 아닌 거였다.

　예원은 문득 서글퍼졌다. 예원은 혼자인 적이 거의 없는 아이였다. 그런데 고등학생이 되고 나서는 혼자 있는 시간이 많았다. 특히 공부에 파묻혀야 하는 시간은 거의 혼자였다. 고등학생이니까 어쩔 수 없다고 예원은 스스로를 다독였다. 그래도 스멀스멀 올라오는 서글픔은 누를 수 없었다. 예원의 마음을 꿰뚫어 보는 그 아이가 없었더라면, 예원의 서글픔은 더 커졌을 거였다.

　그 아이에게서 DM이 왔다. 그 아이랑 떠들다 보면 시간은 순식간에 흘렀다. 어느새 알람이 울렸다. 새벽 1시. 독서실을 나설 시간이었다. 예원은 부리나케 핸드폰을 내려놓았다. 나쁜 짓을 하다가 걸린 것처럼 얼굴이 달아올랐다. 예원은 주섬주섬 짐을 챙겨 독서실을 나섰다. 7월의 새벽 공기가 뺨에 닿았다. 정신이 번쩍 드는 듯했다.

　다섯 시간 남짓 잠을 자고, 예원은 학교에 갔다. 뿌연 안개가 끼어 있는 듯 머릿속은 개운하지 않았다. 아침부터 아이들은 삼삼오오 둘러앉아 수다를 떨었다. 매일같이 보는 얼굴들끼리 나눌 이야기가 저렇게 많나 싶었다. 하기는 예원도 그랬다. 불과 몇 달 전까지는.

예원은 관심 없는 척 새침한 표정으로 자리에 앉았다. 지윤이 부리나케 예원에게로 달려왔다.

"뭐 하고 놀 거야?"

지윤의 말이 뜬금없이 들렸다. 예원은 벙찐 표정으로 지윤을 보았다.

"네가 한 말이잖아!"

지윤이 핸드폰을 드밀며 입을 불뚝 내밀었다. 아, 어젯밤 핸드폰. 그제야 예원은 지윤이 보낸 메시지를 생각해 냈다.

"그보다 너……."

지윤이 목소리를 바짝 낮추며 예원에게 다가왔다. 그때 뒤쪽에서 몇몇 아이들의 웃음소리가 까르르 피어올랐다. 뭐가 저렇게 재미있나 싶었다. 예원은 교실 뒤쪽을 흘깃 돌아보았다.

"야, 완전 깨지 않아? 큭큭큭큭."

"사진 다 뽀샵 한 거 아니냐?"

아이들은 머리를 맞대고 앉아 누군가의 험담을 늘어놓고

있었다. 관심을 줄 일이 아니었다. 예원은 다시 지윤을 향해 몸을 돌렸다. 지윤이 뒤쪽 아이들을 바라보다가 예원에게 물었다.

"넌 못 봤지?"

"뭘?"

예원이 지윤을 보며 두 눈을 슴벅거렸다. 지윤이 머뭇거렸다. 말을 할까 말까 고민하는 듯 보였다.

"뭔데 그래?"

예원이 빙시레 웃으며 지윤을 보았다.

"야, 이건 내가 다 민망하다!"

뒤쪽 아이들의 목소리가 훌쩍 커졌다. 돌아보니 머리를 맞대고 키득거리고 있는 아이들이 한둘이 아니었다. 다들 핸드폰을 들여다보고 있는 듯했다. 예원은 얼른 지윤에게로 몸을 틀었다. 지윤이 머뭇거리고 있는 게 뭔지 궁금했다.

지윤이 인스타그램에 들어갔다. 단번에 소희의 사진이 튀어나왔다. 지금 모델로 활약하고 있는 소희가 아닌, 초등학교, 중학교 때 찍혔던 소희의 사진들이었다. 지금과는 달리 주뻣거리며 뒤쪽에 옹크리고 있는 모습들. 뚱한 표정에 뭔가 심드렁해 보이는 얼굴들.

"이게 어디에 올라온 거야?"

예원의 목소리가 날카롭게 솟았다.

"몰라. 아침에 갑자기 떴어. 이거 올리려고 일부러 만든 계정인가 봐."

예원은 지윤이 알려 준 계정으로 들어갔다. 이 계정은 소희의 계정을 태그하고, 소희의 과거 사진을 올렸다. 그리고 그 아래에는 날카로운 글귀를 적어 놓았다.

---

digdigduck 학생 모델? 웃기고 있네. 나는 너의 진짜 모습을 다 알고 있는데?

낯선 계정의 피드 아래 몇 개의 댓글이 올라왔다. 조금 전 교실에서 들었던 말과 비슷한 반응의 댓글이었다.

"강소희, 괜찮을까?"

지윤이 핸드폰을 집으며 나직하게 말했다. 예원은 머릿속이 하얘지는 것만 같았다. 아니 구불구불 미로가 생기는 것 같았다. 뭔가 잘못됐다는 생각이 강하게 머릿속을 휘어잡았다. 심장이 빠르게 뛰었다.

수업 시작종이 울렸는지 담임 선생님이 교실로 들어섰

다. 소란스럽게 떠들어 대던 아이들이 우당탕거리며 제자리를 찾아갔다.

"애들아, 기말고사가 일주일 남았다, 응?"

담임 선생님이 타박을 놓으며 교탁 앞에 섰다.

"선생님, 인스타그램 보셨어요?"

아이들이랑 머리를 맞대고 키득거리던 지수가 쩌렁쩌렁 목소리를 울렸다. 선생님은 아침부터 그런 걸 보고 있었느냐 물었다.

"너희들 아무래도 핸드폰 전부 빼앗아야겠다. 아무리 학생 인권도 좋지만, 틈만 나면 그놈의 핸드폰을 들여다보고 있으니……."

선생님의 잔소리가 길게 이어지는데 복도에서 요란한 소리가 울렸다. 거칠게 문이 열리는 소리에 이어지는 발자국 소리, 아이들의 수런거림과 선생님의 목소리가 들려왔다.

"야, 강소희!"

3반 선생님이 소희를 불렀다. 예원은 반사적으로 자리에서 일어나 복도로 나갔다. 이미 많은 아이들이 복도로 나와 있었다. 소희는 보이지 않았다. 대신 서희가 보였다. 예원은 부리나케 서희에게 다가갔다.

"무슨 일이야?"

서희의 팔을 잡고, 예원이 다급하게 물었다.

"넌 소희한테 관심 없잖아?"

서희가 삐딱하게 물었다. 그래도 예원은 서희의 팔을 놓지 않았다. 옆 반 선생님이 팔을 휘저으며 교실로 들어가라고 소리쳤다. 3반 선생님은 보이지 않았다.

"무슨 일인데?"

예원이 뒤로 지윤이 다가와 물었다.

"인스타 때문에! 너도 봤지? 그거 보더니 갑자기 뛰쳐나갔어."

서희가 심드렁하게 대꾸했다. 예원은 복도 창가로 다가갔다. 체육 수업을 시작하는 아이들 뒤로 교문을 빠져나가는 소희가 보였다. 예원은 소희를 쫓아가고 싶었다. 하지만 복도에서 교문까지는 너무 멀었고, 선생님들은 복도에 있는 아이들을 전부 교실로 들여보냈다. 예원도 별수 없었다. 터덜터덜 자리에 돌아와 앉았지만 머릿속에는 짙은 안개가 자욱하게 덮였다.

# #
소희

무슨 정신으로 걸어왔는지 소희는 알 수 없었다. 갑작스
럽게 싱크홀을 만난 느낌이었다. 싱크홀은 습하고 깜깜했
다. 머릿속을 정지시켜 버릴 듯 퀴퀴하기도 했다. 그래서
소희는 멍하니 서 있었다. 아무런 생각도 할 수 없었다.

'뭐지? 누구지?'

같은 질문이 머릿속을 빙글빙글 맴돌았다. 답은 알 수 없
었다.

'어떻게 하지?'

이번에도 질문이 피어났다. 여전히 답은 없었다. 소희는
고개를 푹 숙인 채 뚜벅뚜벅 걸어 집으로 들어왔다. 텅 빈
집에 닿으니 다리가 풀렸다. 현관 앞에 주저앉아 두 손으로
핸드폰을 움켜쥐었다. 다시 켜 확인을 해야 할 것 같았다.
하지만 겁이 났다. 부들부들 온몸이 떨렸다.

'어떻게 해야 해?'

소운이 곁에 있었으면 싶었다. 하지만 지금은 수업 시간

이었다. 엄마, 아빠 그리고 정 실장의 얼굴이 차례로 떠올랐다. 정 실장, 정 실장에게 묻는 게 제일 나을 것 같았다. 소희는 마음을 가다듬고 집 안으로 들어갔다. 그리고 냉장고에서 찬물을 꺼내 벌컥벌컥 마셨다.

전화벨이 울렸다. 담임이었다. 받고 싶지 않았다. 소희는 식탁 위에 올려놓은 핸드폰을 마냥 노려보았다. 끈질기게 울리던 전화가 끊어졌다. 순간 받았어야 했다는 생각이 스쳤다. 담임이 부모님에게 전화를 할지도 몰랐다. 소희는 얼른 담임에게 전화를 걸었다. 담임은 곧장 전화를 받았다.

"너 뭐 하는 거야?"

담임이 확 소리를 높였다.

"죄송합니다……."

"이 녀석이 잘한다, 잘한다 해 주니까 말이야. 얼른 돌아와!"

담임은 지금 소희에게 무슨 일이 벌어졌는지 알지 못했다. 소희는 담임에게 다시 죄송하다 사과를 했다. 그리고 오늘만 봐 달라고 사정을 했다. 왈칵 울음이 올라와 목이 멨다. 담임이 왜 그러냐고 물었다. 소희는 아무 말도 할 수 없었다. 훌쩍훌쩍 콧물을 삼켰다. 담임이 길게 한숨을 뱉었다. 그러고는 무단결석 처리를 하겠다고 엄포를 놓았다. 소희는 아무래도 상관없었다.

담임과의 짧은 통화에 기운이 쭉 빠졌다. 소희는 거실 소파에 등을 기대고 앉아 얼굴을 무릎 사이에 묻었다. 그리고 소리 내어 엉엉 울었다. 한참을 울고 나니 머릿속이 멍해졌다. 고개를 들어 천장을 올려다보았다. 다시 인스타그램을 확인해야 했다. 소희는 핸드폰을 열었다. 낯선 계정의 피드가 단박에 보였다.

소희가 초등학교, 중학교에 다니던 때의 사진들. digdig duck은 동네 아이인 모양이었다. 소희랑 같은 초등학교, 중학교에 다녔던 아이. 그래서 붙임성도 없고, 매사 소극적이었던 소희를 기억하는 아이. 그렇다면 지금의 소희에게 억하심정을 지니고 있을 수도 있었다. 생각하니 뭐, 그럴 수도 있겠다 싶었다. 그렇다고 지우고 싶은 그때, 그 사진들을 소희에게 묻지도 않고, 버젓이 인스타그램에 올리다니! 다시 부르르 몸이 떨렸다.

소희는 핸드폰을 옆에 던져 놓고 소파 위에 길게 몸을 눕혔다. 그리고 천천히 숨을 들이마셨다가 내쉬었다. 싱크홀에 산소가 공급된 듯 머릿속이 차분해졌다. 소운이 곁에 있었다면, 있을 수 있는 일이라고 말했을 것 같았다. 그리고 소희의 어깨를 토닥거려 줬겠지. 토닥토닥. 소희는 가슴에 손을 얹고 스스로를 달랬다.

마음을 가라앉히고 소희는 정 실장에게 전화를 걸었다. 정 실장이 화들짝 놀라며 전화를 받았다. 정 실장은 소희의 안티 계정이 생긴 걸 모르고 있었다. 단지 수업 시간에 걸려 온 전화에 놀랐을 뿐이었다.

"그 정도는 유명인이라면 거쳐야 하는 거니까, 신경 쓰지 마."

정 실장은 대수롭지 않게 받아넘겼다. 소희도 그러자 마음먹었다. 안티 계정에 올라온 건 그냥 무시하기로. 무단결석으로 얻은 하루를 그냥 편안하게 보내기로. 잠시 뒤 정 실장에게서 다시 연락이 왔다. 그러고는 소희에게 피드를 하나 올리라고 했다.

"옛날 사진 중에 그럭저럭 괜찮은 거 하나 골라서, 이랬던 내가 이렇게 바뀌었다 뭐 이런 느낌으로, 응?"

정 실장도 안티 계정에 올라온 사진이 신경 쓰이는 듯했다. 소희의 마음이 다시 복작거렸다. 연거푸 한숨이 터져나왔다. 새로운 피드를 올리는 게 맞을지 판단이 서지 않았다. 소희는 아침에 올라온 digdigduck 계정을 다시 한번 열었다. 그새 댓글이 서른 개 이상 달려 있었다. 이럴 줄 알았다느니, SNS는 믿을 게 못 된다느니……. 이름도 얼굴도 모르는 SNS 속 누군가들은 참 시끄러웠다. 소희는 고개를 휘저으며 자신의 계정으로 들어왔다. 가장 앞에 올라와 있는 피드에 새 댓글이 여럿 달렸는데, 모두 낯선 계정의 사진을 보고 달려온 듯 보였다. 낯선 계정에서 보았던 것과 비슷한 댓글이 소희의 피드에도 보였다. 정 실장이 신경 쓴 이유를 알 것 같았다.

점심 무렵 소운에게서 전화가 걸려 왔다. 소운도 SNS를 확인한 모양이었다. 소희는 정 실장의 말을 소운에게 전했다. 소운은 단박에 그렇게 하라고 했다.

"눈에는 눈, 이에는 이! 피하지 말고 부딪혀. 언니가 피할 필요 없잖아!"

소운의 말에는 힘이 있었다. 소희는 전화를 끊고 앨범을 뒤졌다. 자신 없고 숙맥인 듯 보이는 사진이 여러 장 나왔다. 소희는 그런 아이였다. 매사 자신감 없이 아이들 뒤쪽에 숨어 있는 아이. 왜 그랬는지는 기억나지 않았다. 아니, 알고 있었다. 하지만 기억하고 싶지 않았다. 지금의 소희는 그때와는 달랐다. 분명히.

다음 날 소희는 그럭저럭 봐 줄 만한 사진을 골라서 인스타그램에 올렸다. 그리고 짧은 한 줄을 덧붙였다.

---

river_now0724 이랬던 나, 바꿔 보고 싶었다!

마음 같아서는 소희가 왜 그렇게 부루퉁한 채로 학교에 다닐 수밖에 없었는지 구구절절 설명하고 싶었다. 하지만 그랬다가 괜한 싸움에 휘말릴 수도 있었다. 학교에는 아직, 예원이 있었다. 상황이 달라졌다고 해도 예원의 위세는 여전히 등등했다. 적어도 소희가 느끼기에는 그랬다.

새롭게 올린 피드에 사람들은 대부분 호의적인 반응을 보이기 시작했다. digdigduck도 더는 나서지 않았다. 그런데 예원의 움직임이 심상치 않았다. 중학교 졸업식 무렵부터 잠잠한 듯하던 예원이 다시 소희의 앞을 활보하기 시작했다. 아무렇지도 않게 소희의 물건을 떨어뜨리고 뭉개 버렸다.

소희는 발끈 성을 내고 싶었다. 하지만 곁에서 예원의 행동을 지켜본 아이들이 모른 척 눈을 돌렸다. 소희만 바보가 될 것 같았다. 소희는 아랫입술을 질끈 깨물고 화를 달랬다. 전에도 늘 있었던 일이니까 괜찮다고 스스로를 다독거렸다. 그나마 학기가 끝나 갈 무렵이라는 게 소희에게는 큰 위안이었다.

여름 방학이 시작됐다. 잠시 동안 학교는 잊을 수 있는 시간이 생겼다. 소희는 곧장 몇몇 소소한 촬영에 돌입했다. 실키를 비롯한 몇 개의 온라인 의류 쇼핑몰과 계약한 가을 옷 촬영이었다. 정 실장은 촬영 현장을 따라다니며 소희의 카메라 밖 모습을 핸드폰에 담았다. 그중에 자연스러워 보이는 사진 몇 장을 골라 소희에게 건네면 소희는 자신의 인스타그램에 업로드를 했다.

그 밖에도 소희는 모델 학원 원장이 추천한 다이어트 음식과 근력을 키워 주는 운동 등의 콘텐츠를 꾸준히 인스타그램에 올렸다.

소희가 피드를 올릴 때마다 좋아요 수는 급격하게 늘었고, 그만큼 팔로워 숫자도 눈에 띄게 불어났다. 덩달아 악플도 심심치 않게 보였다.

"국민 가수, 국민 MC한테도 따라붙는 게 악플러야. 그 정도는 무시해도 괜찮아!"

악플 때문에 소희가 벌벌 떨 때마다 정 실장과 소운은 무시하라는 말만 되풀이했다. 하지만 소희는 쉽지 않았다. 악플은 수시로 소희의 심장을 찌르고 마음속에 가느다란 금을 만들어 냈다.

"소희 요새 너무 무리하는 거 아니니?"

8월의 뜨거운 밤이었다. 부모님과 둘러앉아 저녁을 먹으려는데, 엄마가 소희를 바라보며 걱정스럽게 물었다. 아빠의 눈길도 소희에게 닿았다. 소희는 얼른 고개를 저으며 싱긋 웃었다. 부모님에게 걱정을 끼치고 싶지 않았다.

"힘들면 힘들다고 말해. 힘든 걸 억지로 할 필요는 없어."

아빠의 목소리가 따스했다. 마음속이 스르르 녹는 것 같았다. 소희는 느릿느릿 고개를 끄덕였다. 소희 곁에는 가족이 있었다. 언제든 소희에게 힘이 되어 줄 소희의 편. 소희는 마음속에 번지고 있는 가느다란 금을 쓱쓱 지워 내기로 했다.

가을로 접어들면서 소희의 모델 요청은 다양한 곳에서 들어왔다. 기존에 하고 있던 온라인 쇼핑몰은 물론 유명한 화장품과 액세서리 브랜드에서도 광고 제안이 들어왔다. 소희의 인스타그램 다이렉트 메시지를 통해서였다. 다이렉트 메시지가 들어오면 소희는 정 실장에게 연락처와 관련 정보를 건넸고, 정 실장은 해당 업체를 일일이 방문해서 계약 조건을 조정했다. 일을 진행해 가면서 소희는 점점 정 실장에게 믿음이 생겼다. 부모님도 그런 듯했다.

새로운 모델 제안은 대부분 작고 간단한 작업이어서 계약 조건은 까다롭지 않았다. 정 실장은 경험을 넓힌다 생각하고 활동하라고 조언했다. 소희도 큰 욕심은 없었다. 고등학교에 다니는 동안에는 조금씩 천천히 활동해도 괜찮을 것 같았다. 아니 그러는 게 나을 것 같았다. 아직은 지나치게 눈에 뜨이고 싶지 않았다.

소희는 평소와 다를 바 없는 주말을 보내고 학교로 향했다. 중학교에 다닐 때에는 소운과 함께였는데 소희가 고등학생이 되면서 등교 시간에 차이가 생겼다. 별수 없이 소희는 혼자서 집을 나섰다. 그래도 몇 달만 지나면 소운과 함께 다닐 수 있을 거였다. 소희는 찬 바람이 돌기 시작하는 10월의 공기가 마음에 들었다.

씩씩하게 걸음을 옮겨 학교에 닿았다. 교문 앞에서 등교 지도를 하던 부장 선생님이 소희에게 눈짓을 했다. 소희도 부장 선생님에게 눈인사를 건넸다. 사여고등학교에서 소희를 모르는 사람은 없었다. 1학년 교과목 담당 선생님은 물론 3학년 진로 부장 선생님도 소희를 알았다.

"너는 고등학교 졸업하면 곧장 모델이 될 거니?"

복도에서 우연히 만난 진로 부장 선생님이 소희에게 아는 체를 했다.

"얘는 이미 모델이잖아요!"

단짝처럼 붙어 다니는 서희가 소희를 대신해서 대꾸했다. 진로 부장 선생님은 소희의 진로 상담은 따로 해 줄 필요가 없겠다며 껄껄 웃었다. 그러고는 오른손으로 주먹을 쥐어 보이며 소희에게 응원을 보냈다.

사여고등학교에서 만나는 선생님들은 거의 그랬다. 예원만 아니라면, 소희는 학교에 다니는 걸 즐길 수도 있을 듯했다. 하지만 아직은 학교에 예원과 몇몇의 무리가 있었다.

서희와 함께 점심을 먹고 운동장 너머 교문 바로 옆에 있는 등나무 아래로 왔다. 등나무 덩굴이 만들어 놓은 그늘은 따사로운 가을볕을 너끈히 막아 주었다. 그래서인지 등나무 아래에는 아이들이 많았다. 와글와글 주위가 소란스러웠다.

"야, 올가을에는 어떤 게 유행한대?"

소음을 뚫고 서희가 환한 목소리로 물었다. 소희는 서희를 보며 생긋 웃었다. 아이들에게 종종 듣는 질문이라 소희는 자연스럽게 핸드폰을 열었다. 말로 하는 것보다 인스타그램에 올려 둔 피드를 보면서 얘기해 주는 게 편했다. 그런데 소희의 피드에 어느 사이트 주소가 링크되어 있는 댓글이 연달아 보였다. 옆에서 서희가 호기심을 드러냈다. 소희는 별생각 없이 댓글에 걸려 있는 링크를 클릭했다. 링크는 익명으로 게시 글을 올리는 사이트로 연결됐다. 화면에 자극적인 게시 글 제목이 보였다.

ㅅㅋ 고딩 모델 어떤 남자랑 모텔 들어가는 거 봄

순간 소희의 머릿속에 깊은 골짜기가 생기는 느낌이 들었다. 무엇인가 난잡한 일이 벌어질 것만 같은 느낌. 옆에서 서희가 이게 뭐냐 물었다. 소희도 뭔지 모르는 글이었다.

"야, 강소희, 이거 네 사진이야!"

서희가 눈썹을 찡그리며 소희를 보았다. 소희는 눈을 크게 뜨고, 게시 글에 올라와 있는 사진을 보았다. 여자아이 하나가 성인 남자와 걸어가고 있는 모습이었고, 그들의 배경에는 모텔이 있었다. 성인 남자는 모자이크 처리가 되어 있었고, 그 옆에 있는 여자아이는 소희, 자신이었다.

"이게 뭐야……."

소희는 달달 떨리는 손으로 다시 한번 사진을 보았다. 소희 옆에 있는 남자는 정 실장인 듯했다. 그런데 언제 어디에서 찍힌 사진인지 전혀 감을 잡을 수 없었다. 뭐지. 도대체 이게 뭐지. 소희의 머릿속은 어둠의 골짜기에 갇혀 버렸다.

"야, 너……."

서희의 목소리가 들렸다. 그 뒤로 우다다다거리며 발자국 소리가 붙었다. 소희 주변에 아이들이 몰려들었다. 소희는 핸드폰을 꼭 끌어안은 채 흙바닥을 뚫어져라 쳐다보았다. 이건 사실이 아니었다. 소희에게 악감정을 갖고 있는 누군가가 꾸며 낸 글이었다. 턱이 부들부들 떨렸다. 소희는 아랫입술을 질끈 깨물었다. 서희가 자리에서 홱 일어나더니 탕탕거리며 등나무 아래를 빠져나갔다. 동시에 흙먼지가 파르르 솟았다. 켁켁. 소희는 마른기침을 하며 목을 감쌌다.

"쟤 뭐냐……."

"더러워……."

낯선 아이들의 목소리가 귓가에서 쟁쟁거렸다. 아니라고 아이들에게 말을 해야 했다. 하지만 목소리가 나오지 않았다. 흙먼지에 뒤덮인 것 같았다. 소희는 다시 핸드폰을 집어 들었다. 그리고 말도 안 되는 게시 글을 찬찬히 읽었다. 고등학생 모델 소희가 40대 중반의 남자랑 모텔을 드나들며 모델 활동을 한다는 거였다. 소희는 있는 힘껏 고개를 저었다. 그리고 빽 소리를 높였다.

"아니야!"

하지만 아이들은 이미 소희에게서 등을 돌려 버렸다. 소희의 말을 들으려 하지 않았다.

"아니야, 아니라고!"

소희는 다시 자신의 인스타그램 계정에 들어갔다. 링크가 걸려 있는 피드에 얼핏 보기에도 민망한 악플이 셀 수 없을 만큼 달렸다. 다이렉트 메시지에는 한번 만나자는 글도 들어왔다. 핸드폰을 손에 쥐고 있는 것만으로도 소희는 소름이 돋을 만큼 끔찍했다.

2부
—

그때, 예원

# #
그때

    교실 앞에서 한참을 머뭇거리고 있는데 선생님이 나타났다. 이제는 별수 없이 교실로 들어가야 했다. 예원은 교실 뒷문을 지나 교실로 들어섰다. 교실은 펄펄 끓어오르는 냄비 속처럼 드글드글 소란스러웠다. 담임 선생님이 들어왔는데도 마찬가지였다.

    "다들 조용!"

    선생님이 교탁 앞에서 크게 소리쳤다. 아이들은 자세를 고쳐 앉고 선생님을 보았다.

    "아침부터 왜들 이래? 밤새 좋은 일이라도 있었니?"

    선생님이 아이들을 휘 둘러보며 물었다.

    "선생님!"

    반장 은서가 손을 번쩍 들었다. 선생님의 눈길이 은서에게로 향했다.

    "소희가 살아 있다는데요?"

    은서의 말에 선생님은 눈썹을 찡그렸다. 그러고는 그게

무슨 소리냐 물었다. 기다렸다는 듯 아이들 목소리가 한꺼번에 터졌다. 소희의 인스타그램을 이야기하는 목소리였다. 선생님은 고개를 절레절레 저었다. 아이들 여럿이 동시에 떠들어 대니 알아들을 수 없는 듯했다. 선생님은 교탁을 탁탁 두드리고, 은서에게 질문을 던졌다.

"은서가 얘기해 봐. 그게 무슨 소리야?"

"인스타그램 소희 계정에 새 피드가 올라왔어요."

"설마……."

선생님은 말도 안 된다는 듯 고개를 저었다. 아이들이 확인해 보라며 목청을 높였다. 모두들 흥분한 모양이었다. 선생님은 다시 교탁을 두드렸다.

"강소희가 우리 반에 배정되었던 건 맞아요. 응, 우리 반이었지. 하지만 지금은 우리 곁에 없어요. 학기 첫날 말했을 텐데……."

"인스타그램에 나타났다니까요!"

몇몇 아이들이 큰 소리로 말했다.

"누가 장난치나 보지."

선생님은 대수롭지 않게 넘기려 들었다. 그래도 아이들의 수런거림은 끊이지 않았다. 선생님이 교탁을 두드리고,

중간고사 일정표를 모니터에 띄웠다. 아이들이 야유를 보내듯 우우거렸다. 선생님은 별반 신경 쓰지 않는다는 얼굴이었다.

"엄한 데 신경 쓰지 말고, 코앞에 닥친 일에 집중하세요."

선생님은 아이들의 시선을 기어이 중간고사로 옮겨 놓고 교실에서 나갔다. 곧장 1교시 수업이 시작됐다. 예원은 책상 서랍 깊숙이 넣어 둔 핸드폰에 손을 뻗었다. 핸드폰을 열어서 다시 한번 확인하고 싶었다. 예원은 왼손으로 핸드폰을 잡고, 오른손을 번쩍 들었다. 배가 아파서 보건실에 다녀와야겠다고 말했다. 선생님은 흔쾌히 허락을 했다. 예원은 핸드폰을 교복 치마 주머니에 밀어 넣고 교실을 빠져나왔다.

충계를 밟고 아래층으로 내려왔다. 사여고등학교는 1학년 교실은 2층에, 2학년은 4층에 있었다. 3학년 교실이 있는 3층은 고요했다. 3층에서 2층으로 내려가는 계단참에서 예원은 걸음을 멈추고 핸드폰을 열었다. 그리고 인스타그램에 들어갔다.

river_now0724

석 달 만에 올라온 소희 계정의 새 피드는 3천 개가 넘는 좋아요를 기록하고 있었다. 500여 개에 달하는 댓글은 대부분 소희의 등장을 반기는 글이었다. 가다가 하나씩 악플이 걸려 있었지만 크게 눈에 띄지 않았다. 이 정도면 성공적인 복귀라 할 수 있었다.

하지만 예원은 믿기지 않았다. 아니 믿을 수 없었다. 소희는 지난 1월, 세상을 떠났다. 물론 예원의 눈으로 직접 확인한 바는 없었다. 2학년 2반에 올라와서야 알게 된 사실이었다.

새 학기 첫날, 3월이라고는 하지만 여전한 찬 바람이 어깨를 옴츠리게 하던 날이었다. 예원은 엄마의 자동차 뒷자리에 앉아 이어폰을 꽂고 핸드폰으로 즐겨 듣는 음악을 재생시켰다. 인디 밴드 보컬의 목소리가 차갑게 흘러들었다. 차가운 아침 공기랑 잘 어울리는 음색이었다. 노래를 들으며 예원은 눈을 감았다. 첫 만남이 있는 날이라지만 예원에게는 별다른 기대감이 없었다. 학교생활은 빤하고 유치했다. 재미없었다.

2학년 2반 담임은 세계사를 가르치는 진소연 선생님이었다. 평소에는 화사한 원피스 차림으로 다니던 선생님이 그날은 짙은 감색 투피스를 입고 교실로 들어섰다. 아이들은 박수와 환호로 진 선생님을 반겼다. 진 선생님은 사여고등학교 아이들 사이에서 제법 인기가 있었다. 그만큼 아이들 편에서 생각하려고 노력하는 선생님이었다.

간단하게 자기소개를 끝내고, 선생님은 2학년 2반 아이들의 출석을 부르기 시작했다. 한 명 한 명 이름을 부르는데, 선생님 입에서 강소희라는 이름이 툭 튀어나왔다. 교실에 소희는 없었다. 아이들은 두리번거리며 소희를 찾았다. 선생님이 얕게 탄식을 뱉고는 입을 열었다.

"소희가 올해 우리 반에 배정이 되었는데, 안타깝게도 같이 수업을 들을 수는 없게 되었어요."

"왜요?"

아이들의 물음이 거의 동시에 터졌다. 선생님은 난감한 표정을 짓더니 곧장 말을 이었다.

"소희에게 안타까운 일이 벌어졌어요. 이따 마치기 전에 얘기하려고 했는데 이왕에 말이 나왔으니 다 함께 눈을 감고, 먼저 간 우리들의 친구, 소희의 명복을 빌어 주기로 합시다."

선생님의 말이 끝나자 교실은 금세 우르릉거리기 시작했다. 너무나 갑작스럽고 놀라워서 아이들은 선생님의 말을 믿을 수 없었다. 예원도 마찬가지였다.

"갑자기 왜요, 무슨 일인데요?"

은서가 자리에서 발딱 일어나 선생님에게 물었다. 선생님은 자신도 자세한 내용은 알지 못한다고 했다. 소희의 부모님에게서 연락을 받았다고만 했다.

"너희들 아무도 몰랐냐?"

작년에 소희와 같은 반이었던 하은이가 큰 소리로 물었다. 아이들은 서로의 눈을 마주 보며 절레절레 고개만 저었다.

예원은 눈을 크게 뜨고 주위를 살폈다. 무슨 일인지 아는 아이가 정말 하나도 없을까 싶었다. 가슴이 쿵쿵 울렸다. 지금껏 어떤 일에도 반응하지 않던 가슴이었다.

쉬는 시간이 시작되기가 무섭게 예원은 옆 반을 찾았다. 옆 반에는 지윤이 있었다.

"너 소식 들었어?"

다짜고짜 지윤에게 물었다. 지윤은 고개를 갸우뚱거리며 무슨 소식이냐고 되물었다. 순간 주위에서 소희 이름이 오르내렸다. 소희의 소식이 삽시간에 번지고 있었다.

"진짜? 진짜로?"

지윤이 눈을 휘둥그레 뜨며 목청을 높였다. 지윤도 몰랐
던 일인 듯 했다.

"어쩐지 요새 피드가 안 올라오더라니⋯⋯!"

주절거리며 지윤이 인스타그램에 들어갔다. 예원은 고개
를 삐죽 드밀어 지윤이 열어 놓은 인스타그램을 확인했다.
소희의 계정에는 1월 중순에 올린 피드가 끝이었다. 빨간
색 블록 위에 베이지색 첼시 부츠가 유독 강조된 사진 아래
짧은 글귀.

---

river_now0724 피곤한 걸음

무슨 일이 있었던 걸까. 예원은 멍한 채로 소희의 계정을
들여다보았다.

"그럭저럭 괜찮아지나 싶었는데⋯⋯."

지윤이 말끝을 흐렸다. 예원은 아랫입술을 잘근거리며
소희를 떠올렸다. 그때, 가짜 뉴스가 떠오른 뒤로 소희는
자주 학교에 빠졌다. 예원 또한 그때부터는 제정신이 아닌
날이 많았다. 얼핏얼핏 소희랑 스칠 때에도 크게 신경을 쓰
지 못했다.

"상처가 엄청 컸나 보다……."

지윤이 안타까운 얼굴로 소희의 피드를 보았다. 피드 아래 새로운 댓글이 올라오기 시작했다.

－ㄹㅇ임? 아니지?
－무슨 일이 있는 거야?
－설마 아니겠지 아니라고 믿는다
－삼가 고인의 명복을 빕니다

사여고등학교 아이들이 소희의 계정으로 몰려간 듯 싶었다. 예원은 차곡차곡 올라오는 댓글을 차마 두고 볼 수 없었다. 지윤에게 얼렁뚱땅 인사를 건네고 교실로 돌아왔다. 다리가 후들거려 제대로 서 있을 수도 없었다.

'강소희, 정말이야? 정말로 세상을 떠난 거야?'

믿고 싶지 않았다. 아니 믿을 수 없었다. 누군가 사실이 아니라고 말해 줬으면 싶었다. 사실은 다른 학교로 전학을 간 거라고 어디에서든 소희는 잘 살고 있다고, SNS에도 곧 다시 나타날 거라고 그렇게 말해 줬으면 했다. 하지만 선생님은 소희가 떠난 게 사실이라는 걸 거듭 확인해 주었고,

소희의 소식은 어디에서도 들려오지 않았다.

　예원은 두려웠다. 소희가 갑자기 사라져 버린 사정은 정확히 알 수 없지만 어쩌면 예원 때문일지도 몰랐다. 그래서 더 겁이 났다.

# #
DM

1학년 1학기 마지막 시험을 끝내고 예원은 곧장 집으로 들어왔다. 엄마는 시험도 끝났으니 친구들이랑 좀 놀다 오라고 했다. 하지만 예원은 그러고 싶지 않았다. 아이들이랑 어울려 봤자 맛있는 것을 나눠 먹고, 쇼핑하고, 노래방에 가거나 방 탈출 게임을 하는 게 전부일 거였다. 그때는 딱 소희의 초등학교, 중학교 사진이 올라왔다가 가뭇없이 사그라진 무렵이었다. 그러니 아이들과 어울려 다니며 수다를 떠는 새 분명히 소희 이야기를 하게 될 거였다.

예원은 아이들이랑 소희 이야기를 나누고 싶지 않았다. 소희 이야기는 인스타그램에 있는 친구와 나누는 게 가장 편했다. 그리고 시험 때문에 일주일가량 미뤄 둔 약속이 있었다.

침대에 쪼그리고 앉아 예원은 인스타그램을 열었다. onenonly_im. 예원의 인스타그램 아이디였다. 팔로워는 150명 남짓. 업로드된 피드는 백 개가 채 되지 않는 작고 소박한 계정. 그나마 최근 들어서는 시험 준비한다고 제대로 들어가지도 않았다. 그야말로 죽어 있는 계정. 아무도 찾지 않는 계정. 마치 지금의 예원을 보는 듯 씁쓸했다. 예원은 얼른 도리질을 하고, 다른 계정을 열었다. river_smaller0724. 예원이 갖고 있는 두 번째 계정이었다.

예원은 두 달 전에 두 번째 계정을 만들었다. 그리고 river_now0724를 팔로우했다. 프로필 소개는 당연히 공란으로 비워 뒀다. 그냥 river_now0724에 댓글을 달기 위한 계정이었다. 이른바 악플 계정이라고나 할까.

사여중학교 졸업식이 끝나고, 공부에 매달리던 예원은 사여고등학교 입학식이 있던 날, 자신의 판단이 잘못되었음을 깨달았다. 공부가 아니라 SNS에 집중해야 했다.

그날부터 예원은 카메라 어플을 이용해서 셀카에 집중했다. 어떤 자리에서든 어색해하는 소희보다 자신감 넘치는 자신의 얼굴이 또래 친구들에게 더 어필할 수 있을 거라 생각했다.

그리고 예원은 조금 값이 나가는 메이커 옷과 화장품, 액세서리를 최대한 활용해서 셀카에 담았다. 소희의 계정에 올라오는 피드는 온라인 쇼핑몰에서 파는 이름 모를 옷과 액세서리가 전부였다. 누구나 보면 알 수 있는 유명 메이커의 옷과 액세서리는 또래 아이들의 눈길을 잡기에 충분할 거라고 믿었다. 하지만 반응은 미미했다.

인스타그램 피드에는 화려하고 값나가는 옷과 액세서리가 넘쳐 났다. 관련한 콘텐츠로 셀럽의 자리를 굳힌 계정도 여럿이었다. 소희를 피하려다가 다른 계정과의 차별화에서 실패한 꼴이었다. 멋진 풍경이나 눈길을 사로잡는 맛집을 소개하는 것도 마찬가지였다. 그런 아이템들은 인스타그램에 널리고 널려 있었다. 도드라지게 눈에 뜨일 아이템이 아니었다.

궁리 끝에 예원은 공부와 관련된 피드를 만들어 올렸다. 공부하는 콘텐츠는 흔한 것이 아니어서 잘하면 또래 아이들에게 화제가 될 수도 있을 거라 생각했다. 하지만 아이들은 공부하는 콘텐츠를 보고 싶어 하지 않았다. 몇 안 되던 팔로워 수도 다시 슬금슬금 줄었다.

예원은 SNS를 볼 때마다 머리카락이 주뼛 서는 느낌을 받았다. 아무리 버둥거려도 소희를 이길 수 없을 것 같았다. 이런 기분은 처음이었다. 더는 신경 쓰지 말자고 다짐해 보았지만 그 또한 뜻대로 되지 않았다. 그나마 학교에서는 지윤을 방패 삼아 끌고 다니면서 소희를 보기 좋게 무너 뜨릴 수 있었다.

물론 중학교 때처럼 쉽지는 않았다. 중학교 때와는 다르게 소희 주변에는 방어벽이 있었다. 소희의 방어벽들은 소희의 환심을 사려고 소희의 곁을 연신 알찐거렸다. 예원의 눈에 훤히 드러나 보이는 환심이었으나 둔하기 짝이 없는 소희는 자신의 방어벽을 향해 진심을 내어 보였다. 한심했다. 작은 틈 하나만 생겨도 금세 등을 돌려 버릴 텐데, 소희는 그걸 알지 못하는 듯싶었다.

곁에 있던 아이들이 우후죽순처럼 우르르 등을 돌릴 때 소희의 마음은 어떨까. 생각만 해도 고소했다. 그런데 문제는 SNS였다. SNS에서 소희가 올리는 피드 하나하나에 열정적으로 올라오는 반응은 쉽사리 꺾일 것 같지 않았다. 그래서 예원은 SNS만 들여다보면 가슴이 답답했다. 어떻게 하면 마음이 좀 풀릴까 생각하다가 예원은 두 번째 계정을 만들었다.

SNS는 가면을 쓰기에 딱 좋은 환경이었다. 한 사람이 여러 개의 계정을 가질 수 있고, 필요에 따라서는 아무도 모르게 두 번째, 세 번째 계정을 써먹을 수 있었다. 예원은 가면 계정으로 소희의 계정을 팔로우하고 소희가 피드를 올릴 때마다 소소하게 악플을 달기 시작했다. 소희는 반응이 없었다. 하지만 몇몇 사람들이 예원이 쓴 악플에 좋아요를 눌렀다. 악플에 공감을 해 준 거였다. 그것만으로도 예원은 가슴을 짓누르던 체증이 가라앉는 기분이었다. 물론 예원이 쓴 악플에 험한 말을 다는 사람도 없지는 않았다. 하지만 그까짓 것, 무시해 버리면 그만이었다. 어차피 예원에게 피해가 될 일은 아니었다.

그날도 예원은 늦은 시간, 독서실로 들어왔다. 자리에 앉아 잠시 눈을 감고 머릿속을 비웠다. 영어 학원을 마치고 돌아온 날이니 오늘은 영어를 공부해야 했다. 일단 머릿속으로 학원에서 수업한 내용을 더듬었다. 그리 까다로운 부분은 아니었다. 복습도 금방 끝날 것 같았다.

마음에 여유가 생기니 딴짓을 하고 싶었다. 잠깐 SNS를 들여다볼까 싶어 가방에서 핸드폰을 꺼냈다. 마침 예원의 인스타그램에 알림 메시지가 떠 있었다. 예원의 두 번째 계정으로 온 다이렉트 메시지였다.

> 안녕? 잘은 모르지만 어쩐지 너는 나랑 잘 통할 것 같아. river_now0724의 피드를 볼 때마다 나도 너랑 똑같은 생각을 하거든.

예원은 고개를 반짝 쳐들었다. 갑작스럽게 날아온 메시지는 당황스러웠다.

'누구지? 혹시 나를 아는 앤가?'

심장이 빠르게 뛰기 시작했다. 놀란 가슴을 진정시키기 위해 예원은 주위를 휘 둘러보았다. 어둑한 독서실에 스탠드 불빛 일곱 개가 훤하게 빛났다. 저 불빛 아래 앉아 있는 아이들은 지금 무얼 하고 있을까 궁금했다. 다들 공부를 하고 있을까. 아니면 예원처럼 핸드폰을 들여다보고 있을까. 혹시나 저들 중에 누군가가 예원의 두 번째 계정에 다이렉트 메시지를 보낸 건 아닐까.

예원은 고개를 내저으며 다시 핸드폰을 보았다. 다이렉트 메시지를 보낸 이는 digdigduck이었다. 누군지 더 자세히 알아봐야 했다.

예원은 digdigduck 계정으로 들어갔다. 하지만 계정에 관한 정보는 하나도 없었다. 예원의 두 번째 계정과 같은 꼴이었다.

'얘도 악플을 달려고 만든 건가?'

이번에는 river_now0724의 계정으로 들어갔다. 그리고 river_now0724의 팔로워를 하나하나 살폈다. digdigduck 도 river_now0724를 팔로우하고 있었다. 이번에는 river_now0724의 피드를 살폈다. 그리고 digdigduck이 쓴 댓글을 찾아보았다. 하나도 보이지 않았다. 그런데 왜 예원에게 다이렉트 메시지를 보낸 건지 알 수 없었다. 예원은 다시자신의 두 번째 계정으로 들어와 digdigduck이 보낸 메시지를 읽었다. 정체를 파악하기는 어려웠다. 이 아이도 가면을 뒤집어쓰고 있었다.

어떻게 할까 고민을 하다가 예원은 인스타그램을 빠져나왔다. 낯선 아이에게 신경을 쓸 만큼 예원은 한가하지않았다.

생각과는 달리 digdigduck은 끈질긴 면이 있었다. digdigduck은 예원의 무반응에도 불구하고 수시로 다이렉트 메시지를 보냈다. 내용은 간단했다.

> 걔 인기 다 거품 같지 않아?
> 그깟 쇼핑몰 모델 한다고 연예인이라도 되는 줄 아나 봐.

어디서 본 건 있어서 흉내 내나 본데.
알맹이가 없잖아. 완전 과대 포장.
한 번쯤 까발릴 때도 됐지 않아? 걔 본모습이 뭔지
사람들도 알아야지.

마지막 메시지를 읽고, 예원은 digdigduck에게 답을 보냈다.

네가 원하는 건 뭐야?

드디어 답하네 ㅎㅎ

digdigduck의 답은 지체 없이 날아왔다. 예원은 digdig
duck이 보낸 메시지를 가만히 들여다보았다. digdigduck이
다시 메시지를 보냈다.

너 실제로 river_now0724를 알아?

알고 있다. 그래서 심하게 스트레스를 받고 있다. 이 아

이에게 말하면 스트레스가 풀릴까. 예원은 잠시 생각했다.

지난번에 올라온 사진 보니까 무매력이던데!

이 아이는 소희를 모르는 것 같았다. 그런데도 왜 이렇게 좋지 않은 감정을 품고 있을까 궁금했다.

너는 river_now0724가 왜 싫어?

예원이 물었다. digdigduck은 예원과 같은 이유로 그 아이를 싫어한다고 답했다. 같은 이유라는 말에서 예원은 잠깐 생각을 더듬었다. 예원 자신은 소희를 왜 싫어할까. 그 이유를 따지고 들면 초등학교 때로 흘러갔다.

예원의 말에 꼬투리를 잡던 아이. 자꾸 예원의 앞으로 나서려고 하던 아이. 그래서 예원은 소희를 지그시 눌렀다. 예원의 말에 꼬투리를 잡지 않고, 예원의 뒤로 사라지도록. 다행히 예원의 말과 행동은 도드라지지 않았고 소희는 예원의 바람대로 차츰차츰 희미해졌다.

나는 걔랑 초등학교 때부터 꼬였어.

얼떨결에 이름도 얼굴도 모르는 그 아이에게 소희 이야기를 꺼냈다. 오랫동안 가깝게 지낸 지윤이나 서희와도 나누지 못한 이야기들이었다. 까딱하다가 소희가 아닌 예원에게 생채기가 남을 수도 있다고 생각한 탓이었다. 그런데 SNS에서 만난 아이는 때로는 진지하게 때로는 장난스럽게 예원의 말을 받아 주었다. 하루 이틀 그 아이와의 메시지가 이어지면서 그 아이에 대한 경계심도 조금씩 허물어졌다.

걔 초등학교 시절은 어땠는지 진짜 궁금하다.

그런 찐따가 없었다니까 ㅋㅋㅋㅋㅋㅋ

예원은 그 아이랑 주고받는 대화가 즐거웠다. 어차피 둘 다 가면을 쓰고 있으니 무슨 말을 하든 편했다.

> 그때 사진 있어?

그 아이가 물었다. 예원은 클라우드에 따로 저장해 놓은 자신의 갤러리를 열었다. 그리고 초등학교 때 찍은 사진을 휘리릭 살폈다. 그중 몇 장에 소희의 모습이 보였다. 구부정하게 앉아서 입을 삐죽 내밀고 있거나 아이들 뒤에 뚱한 얼굴로 서 있는, 지금과는 확연히 다른 모습의 소희였다. 예원은 아무 생각 없이 digdigduck에게 소희의 사진을 보냈다.

사진을 본 digdigduck은 재미있어 죽겠다는 반응을 보였다. 그러고는 이튿날 아침, 예원에게는 한마디 말도 없이 자신의 피드에 소희의 사진을 올려 버렸다. 예의 없고 거친 짧은 글귀와 함께. 순간 예원은 머릿속이 하얘지는 느낌이었다. 믿었던 친구에게 발등을 찍힌 기분이 이런 거구나 싶었다. 처음으로 예원은 소희에게 미안했다. 소희에게 사과를 해야 할 것만 같은 기분도 들었다. 하지만 그럴 수는 없었다. 소희는 예원의 두 번째 계정을 알지 못했다.

그날 밤, 독서실로 들어오기가 무섭게 예원은 인스타그

램에 들어갔다. 그리고 늘 그랬던 것처럼 digdigduck에게
다이렉트 메시지를 보냈다.

> 내가 준 사진을 왜 니 맘대로 공개해?

평소 같으면 득달같이 답 메시지가 왔을 텐데, 다이렉트
메시지 함은 잠잠했다. 머리끝까지 화가 치미는 기분이었
다. 예원은 길게 숨을 내쉬었다. 그리고 digdigduck의 계
정으로 들어갔다. digdigduck이 올린 피드는 굳건하게 자
리를 지키고 있었다. 좋아요 수도 꽤 되었다. 하지만 댓글
창에는 digdigduck을 욕하는 사람이 많았다. 본인의 허락
은 받고 올렸냐는 항의성 글도 여럿 보였다. 소희를 적극적
으로 편들어 주는 사람이 그렇게 많은 거였다.

순간 머리끝까지 차올랐던 화가 스르르 사라졌다. 그
리고 digdigduck이 걱정됐다. 소희의 방어벽들이 dig
digduck을 공격하고 있었다. 지금 상처를 입는 쪽은 dig
digduck이었다.

# #
조종자

이튿날 소희의 계정에는 새로운 피드가 올라왔다. 자기 스스로 자신의 초등학교, 중학교 시절 사진을 업로드하고 아주 당당한 느낌의 짧은 글을 올린 거였다. 피드를 확인한 팔로워들의 반응은 뜨거웠다.

  ─당당해서 멋있다 👍
  ─욕하는 인간들 자기 졸업 사진 한 번씩 보고 와라.
  ─뭐야 언니 넘 귀엽자나 🙈

피드를 확인하고 예원은 두 눈을 꾹 감았다. 소희가 변했다. 분명히 소심하게 우물쭈물거리며 남들 앞에 나서는 걸 꺼리는 아이였는데, 몇 달 사이에 소희는 단단한 바위가 된 것 같았다. 단단한 바위는 어떤 바람이 몰아쳐도 흔들리지 않을 것 같았다. 무엇이 소희를 이렇게 바꿔 놓았을까. 예원이 놓친 건 무엇일까. 궁금했다. 그래서 마음이 자꾸만 들썩거렸다. 그러는 참에 digdigduck으로부터 다이렉트 메시지가 날아왔다.

> 너 진짜로 river_now0724 아는 거 맞아?

digdigduck도 소희가 새로 올린 피드를 확인한 모양이었다. 삐죽 화가 났겠지. 무너뜨리고 싶었던 소희가 다시 발딱 일어났으니까. 예원의 마음도 편치 않으니까. 하지만 예원에게 다짜고짜 화를 낼 처지도 아니라는 생각이 들었다. 따져야 할 일은 제대로 따져야 할 것 같았다.

> 너 어제 무슨 짓을 한 거야?

예원이 물었다.

> 너도 하고 싶었던 거 아니야?

digdigduck이 반격을 했다. 예원은 허공을 바라보며 잠시 생각했다. 소희가 어리바리하던 시기를 폭로하는 것, 그

것이 예원이 바라던 것이었을까. 어쩌면 그런 것도 같았다. digdigduck이랑 날마다 다이렉트 메시지로 대화를 주고받으면서 은연중에 드러내 보였던 예원의 속마음이 그것이었던 것 같았다. 예원은 아랫입술을 잘근거리며 메시지 창을 보았다. 적당히 대꾸할 말이 떠오르지 않았다.

> 얘 보통 멘탈이 아닌 것 같은데?

digdigduck이 말을 붙였다. 이번에도 예원은 대꾸를 할 수가 없었다. 예원도 적지 않게 놀라고 있는 참이었다. digdigduck이 다시 메시지를 올렸다.

> 얘 도와주는 사람 있지?

당연히 있겠지.

얌전히 학교에 다니던 아이가 갑자기 모델이 되어 나타났다. 그러니 분명히 도와주는 사람이 있기는 할 거였다. 하지만 그 사람이 누군지는 예원도 몰랐다. 굳이 알려고 한

적도 없었다.

누가 도와주는지 좀 찾아봐.

digdigduck이 메시지를 올렸다. 예원은 왜냐고 물었다.

잘난 척하고 돌아다니는 걸 두고 볼 거야?

소희가 잘난 척하며 돌아다니는 걸 더는 두고 보고 싶지 않았다. 이유는 알 수 없지만. 예원은 가만히 digdigduck 의 다음 메시지를 기다렸다.

누구한테 도움을 받고 있는지 알아봐. 그 뒤는 내가 알아서 할게.

뭘 하려고?

digdigduck이 올린 피드가 생각났다. digdigduck이 무슨 짓을 할지 예원은 가늠하기 어려웠다.

ㅋㅋㅋㅋㅋㅋ 우리가 해 봤자 뭘 하겠어. 그냥 얼마나 굉장한 사람이 그 애를 도와주고 있는지 궁금해서. 넌 안 궁금해?

예원도 궁금하기는 했다. 과연 무엇이 찐따 소희를 위풍당당 소희로 바꿔 놓았는지.

네가 한번 알아봐. 난 그 애를 실제로는 본 적이 없잖아.

digdigduck은 예원을 살살 얼렀다. 예원은 잠시 혼란을 느꼈다. 소희가 바뀌었다는 건 분명한 사실이었다. 그리고 예원 자신도 무엇이 소희를 짧은 기간에 바꿔 놓았는지 궁금하기는 했다. 하지만 그것을 어떻게 알아낼 수 있을까. 그것을 과연 제삼자인 예원이 알아낼 수는 있는 것일까.

걔가 활동하는 곳에 관한 정보는 내가 알아볼게.

예원이 머뭇거리는 사이에 digdigduck이 메시지를 올렸다. 예원은 생각을 정리하고 메시지 창에 글을 옮겼다.

> 뭘 알아보라는 거야?

> ㅋㅋㅋ

digdigduck은 짧게 웃었다. 그러고는 곧장 말을 이었다.

> 가까이 있는 네가 할 수 있는 것!

그게 뭔지 대놓고 말해 줬으면 싶었다. 예원은 잠자코 메시지 창만 쳐다보았다.

> 미행 같은 거 한 번만 해 봐.

생각지도 못한 단어가 툭 튀어나왔다. 예원은 단박에 눈썹을 찡그렸다.

불법도 위법도 아니야. 그냥 누가 걜 돕는지
궁금하니까.

왜 그래야 하는 건지 잘 모르겠어.

예원은 단호하게 자신의 생각을 말했다. digdigduck은
곧장 웃는 이모티콘을 마구 붙였다. 그러고는 스트레스 풀
이용이라고 했다. 궁금증이 가슴에 박혀 있으면 내내 생각
날 거라는 말을 덧붙이면서. 예원은 digdigduck의 말에 공
감했다. 예원의 상태가 딱 그랬다.

그 아이를 도와주는 누군가를 확인하면
스트레스가 풀릴까?

만약 굉장한 사람이 돕고 있다면 더는 걔를
쫓아가려 애쓰지 않아도 되겠지. 포기가 더
쉬워질 거야.

digdigduck은 예원의 마음을 정확히 읽고 있었다. 예원은 digdigduck의 제안을 받아들이기로 했다. 단 시험을 마칠 때까지만 기다려 달라고 했다. digdigduck은 오케이를 날리며, 그때까지 소희가 활동하는 곳에 관한 정보를 찾아놓겠다고 했다. 그리고 오늘, 예원은 길었던 시험을 끝냈다.

두 번째 인스타그램 계정에 접속한 예원은 곧장 다이렉트 메시지 함을 열었다. digdigduck은 소희가 모델로 활동하는 업체와 해당 업체에서 광고용 사진을 찍을 때 주로 작업하는 스튜디오에 관한 정보를 세세하게 보냈다.

낮 12시 50분. 평소 digdigduck과의 대화는 늦은 밤에 이루어졌지만 오늘은 예외였다. 오늘은 시험이 끝난 날이니까. 확실하지는 않지만 예원은 digdigduck도 예원과 같은 고등학생일 거라고 짐작했다. 그래서 예원처럼 늦은 밤에만 DM을 보내는 거라고. 만약에 예원의 짐작이 맞다면 digdigduck도 예원처럼 SNS에 들어와 있을지도 몰랐다. 대부분의 고등학생들은 7월 무렵에 1학기 기말고사를 치렀다.

메시지를 보내고 15분이 지나도록 답은 오지 않았다. digdigduck은 아직 시험을 치르는 중일지도 몰랐다. 예원은 메시지 창에 '출동!' 이라는 단어를 올렸다. digdigduck이 이야기했던 미행을 시작할 참이었다. 예원은 가볍게 가방을 챙겨 집을 나섰다. 일단은 소희네 집 근처로 가서 잠복을 해 볼까 싶었다. 엄마에게는 친구들을 만나 놀고 오겠다고 둘러댔다. 엄마는 별다른 의심 없이 예원을 배웅했다.

소희네 집은 학교에서 가까웠다. 예원은 터벅터벅 소희네 집 쪽으로 방향을 잡았다. 하지만 솔직히 막막했다. 지금 소희가 집에 있으리라는 보장은 없었다. 괜한 짓을 하고 있는 건 아닐까 싶었다. 그때 핸드폰에 알림이 떴다. 인스타그램 알림이었다. 예원은 인스타그램으로 들어갔다. 두 번째 계정에 digdigduck이 보낸 다이렉트 메시지가 들어왔다.

오늘 오후 2시. J 스튜디오

소희의 오늘 일정을 알려 준 듯싶었다. 순간 예원은 머릿속이 띵했다.

이걸 어떻게 알았어?

지금 그게 중요해? 출동한다며?

digdigduck이 부추겼다. 예원도 기왕 나선 거니까 한번 해 보자는 맘이 들었다. 예원은 길 찾기 어플을 열고 J 스튜디오로 가는 길을 검색했다. 버스를 타고 한 시간가량 이동해야 했다. 서둘러야 했다. 버스를 타고 낯선 곳을 찾아가고 있는데 다시 인스타그램에 다이렉트 메시지가 떴다.

인증 샷 찍어서 보내.

예원은 알겠다 답을 보내고 창밖을 보았다. 머릿속이 멍해지는 기분이 들었다. 일단 목적지를 잡고 움직이고는 있는데 본인의 의지가 아닌 것 같았다. 보이지 않는 힘에 조종당하고 있는 기분이랄까. 예원은 고개를 저었다. 어쨌든 예원이 선택한 일은 맞았다. 7월 초의 거리는 한산했다. 일찌감치 후끈해진 기운이 거리의 사람들을 모두 밀어낸 것 같았다.

# #
허상

 소희를 쫓아다니는 건 재미가 없었다. 학교와 집 그리고 모델 학원. 가끔씩 스튜디오에 가서 사진을 찍었고 또 더러는 시 외곽으로 촬영을 하러 가는 것 같았다. 소희의 일정은 따로 공개되는 바가 없었지만 digdigduck은 신기하리만큼 정확하게 소희의 일정을 예원에게 알려 줬다.

 한 번, 두 번, 세 번. digdigduck의 지시에 잘 따르는 부하라도 되는 것처럼 예원은 짬짬이 시간을 내서 소희의 뒤를 쫓았다. 하지만 소희가 달라진 이유 같은 건 알아낼 길이 없었고 예원의 힘만 빠졌다. 시간도 빼앗겼고, 그만큼 정신적인 여유도 사라졌다. 머릿속이 모래바람 가득한 사막 같았다. 무엇을 위해, 무엇을 하려고 이러는 걸까. 시간이 지날수록 답 없는 허무함만 가득 찼다. 더는 안 될 것 같았다.

그만할래.

여름 방학이 끝나 갈 무렵, 예원은 digdigduck과의 메시지 창에 짧은 글을 올렸다.

왜?

digdigduck의 답은 칼날처럼 날아왔다.

나만 갉아먹는 것 같아.

digdigduck은 답이 없었다. 예원은 고개를 들어 주위를 보았다. 밤 10시를 넘긴 독서실에는 사각거리는 펜 소리와 종이 넘기는 소리, 똑딱거리는 시계 소리만 울렸다. 다들 자기 할 일에 열심인 거였다. 여기에서 딴짓을 하는 사람은 예원밖에 없을 것 같았다.

예원은 자기가 쓴 글을 다시 들여다보았다. 자기만 갉아먹는 짓. 맞는 것 같았다. 소희의 인스타그램을 들여다볼수록 예원은 칼날에 베인 것처럼 쓰라린 기분이 들었고 그때마다 공부에 집중을 하지 못했다. 이러다가는 2학기를 망칠 것 같았다. 한 달이 넘도록 보이지 않는 무엇인가를 찾아 헤맸으면 됐다 싶었다. 그러고도 답을 못 찾았으면 답은 없는 거였다. 있다 한들 예원의 눈에 보이지 않는 것이니 어찌할 수가 없는 거였다. 그만 두 손 들고 항복을 선언하는 게 맞을 것 같았다.

그럼 그만둬.

한참 만에 digdigduck이 답을 보냈다. 예원은 아랫입술을 잘근잘근 씹으며 메시지 창을 들여다보았다. 짧은 문장. 그 뒤로 digdigduck은 아무 말이 없었다. digdigduck이 메시지를 보냈으니 예원이 답을 해야 하는 것 같기도 했다. 한참 고민을 하다가 예원은 메시지 창에 글을 입력했다.

넌 뭐 할 거야?

그동안 예원은 digdigduck과 참으로 많은 이야기를 나누었다. 물론 이야기의 대부분은 river_now0724에 관한 것이었지만 예원은 그게 좋았다. 친구들이랑 실제로 만나서는 river_now0724의 이야기를 나눌 수 없었으니까.

digdigduck 덕분에 소희 때문에 갑갑해지는 마음을 조금이나마 풀어낼 수 있었다. 예원은 digdigduck이 새삼 고마웠다.

> 난 하던 일을 계속할 거야.

digdigduck의 메시지가 올라왔다. 예원은 잠깐 생각했다. 하던 일. 그게 뭐지? 그러고 보니 예원은 digdigduck에 대해서 아는 바가 없었다. 이름도 나이도 어디에 사는 아이인지도. 알아야겠다는 생각이 들었다.

> 넌 몇 학년이야?

예원이 메시지를 보내자마자 digdigduck은 푸하하거리며 사정없이 웃는 모음과 자음을 마구 날려 보냈다. 놀리는 것 같아 예원은 살짝 기분이 상했다.

> 그걸 알아서 뭐 하려고?

digdigduck이 물었다.

> 그냥 우리가 알고 지낸 지도 오래됐으니까.

글을 적으면서 왠지 구차하다는 생각이 들었다. 그냥 깔
끔하게 그만두겠다 하고 끝낼 걸 싶기도 했다. 그래도 dig
digduck의 반응이 궁금하기는 했다.

> 우리가 알고 지냈다고? ㅋㅋㄱㅋㅋㅋㅋ
> ㅋㅋㄲㅋㅋㅂㅋㄱㄲ

말끝에 digdigduck은 또 비웃는 듯한 글자들을 마구 띄
웠다. 예원은 얼굴이 확 달아올랐다. digdigduck에게서 놀
림을 당하고 있었다. 메시지 창에 떠 있는 글자는 예원의
가슴을 마구 들쑤셨다.

"하아……!"

예원은 길게 숨을 내쉬었다. 더는 구차하게 굴지 말아야
지 싶었다. 더는 우스운 꼴을 보이지 말아야지.

'너, 이런 아이 아니었잖아. 언제나 당당하고 자신만만하

던 아이였잖아!'

예원은 스스로 다짐을 하며 핸드폰을 가방에 집어넣었다. 핸드폰을 들고 있는 한, 그래서 SNS를 열어 두고 있는 한 계속 신경이 쓰일 것 같았다. 이 정도 무시를 당했으면 충분하다 생각했다. 더는 끌려다니지 말아야지. 더는 대응해 주지 말아야지. 그것으로 예원은 digdigduck에게 먹은 한 방을 되갚아 주리라 생각했다. 머릿속이 엉망이었다. 소희 하나만으로도 감당하기 어려울 만큼 복작거렸는데 이제 digdigduck까지 예원의 머릿속을 헤집고 다녔다.

예원은 책을 홱 덮었다. 순식간에 덮인 책처럼 digdig duck과 함께했던 시간과 낙서 같은 대화들도 모두 덮여 버렸으면 싶었다. 헛짓을 한 거였다. 왜 그랬을까. 도대체 무엇에 홀렸을까. 예원은 고개를 저었다. 더 이상은 자기 자신을 탓하는 것도 멈추고 싶었다. 이제 고등학교 1학년 2학기가 시작될 참이었다.

예원은 다시 공부에 집중하기로 했다. 이 악물고 공부를 하는 편이 차라리 편했다. 친구들이랑 어울리면 어쩔 수 없이 세상 돌아가는 이야기를 해야 했고 그러면 꼭 소희가 끼어들었다. 잠시 머리를 식히겠다고 핸드폰을 잡으면 손가락은 습관처럼 인스타그램을 열려고 했다. 그러면 또 소희가 튀어나올 거고 이름도 얼굴도 나이도 모르는 dig digduck이 떠오를 거였다. 예원만 힘들어질 게 불을 보듯 뻔했다. 도돌이표처럼 되풀이되는 나쁜 경험. 다시 할 필요가 없었다.

다행스럽게도 지윤 역시 소희에게 큰 관심이 없었다. 지윤은 여전히 SNS를 탐색했지만 소희만 바라보는 부류가 아니었다. 지윤의 관심사는 다방면에 뻗쳐 있었다. 학교에서 예원은 지윤과 시시콜콜한 이야기를 나누며 소희를 살폈다.

그러다가 은근슬쩍 소희에게 쓰레기를 날려 버리고, 실수인 척 소희의 물건을 떨어뜨리고는 고의로 밟아 뭉갰다. 그럴 때마다 소희의 얼굴은 벌게졌고, 소희의 방어벽들은 못 본 척 딴짓을 해 댔다. 예원의 생각처럼 소희의 방어벽은 가느다란 금에도 허물어질 듯 위태로운 것이었다.

10월에 접어들었어도 후텁지근한 날씨는 여전했다. 쨍쨍 내리쬐는 가을볕 때문이었다. 예원은 일찌감치 점심을 먹고 지윤과 함께 급식실을 빠져나왔다. 그러고는 이어폰을 한 쪽씩 나눠 끼고, 핸드폰으로 노래를 재생했다. 귓속으로 빠르게 쪼개지는 비트가 흘러들었고, 비트 사이로 시오의 목소리가 섞였다.

"어, 시오 신곡 나왔어?"

지윤이 눈을 휘둥그레 뜨고 물었다.

"어……. 그런가 봐……."

몰랐다. 언제부터인가 예원의 머릿속에서 시오가 사라져 버렸다.

시오는 예원의 중학교 3학년 시절을 몽땅 휘감고 있었다. 시오와 함께 잠이 들고, 시오의 속삭임 속에 깨어나며 예원은 행복했다. 수시로 팬 카페를 드나들며 시오의 움직임을 추적하고, 시오의 눈빛, 손짓, 표정 하나하나에 집중했다. 시오의 일정을 꿰뚫고, 예원의 일정도 시오에게 맞췄다. 시오와 관련된 굿즈를 사서 모으고, 그것들을 바라보며 마치 시오와 함께 있는 양 가슴이 터지는 기분을 느끼곤 했었다.

그런데 불과 몇 개월 사이에 예원에게서 시오는 사라졌다. 그 자리를 소희가 꿰찼고, 이름도 얼굴도 모르는 dig digduck이 예원의 일상을 망가뜨렸다. 이럴 줄 알았으면 그냥 시오만 파고 있을걸. 이제는 시오의 목소리를 들어도 가슴이 뛰지 않았다.

"좀 시시하다……."

예원이 혼잣말을 하듯 중얼거렸다. 그러자 지윤이 낯선 음악을 찾아 재생했다. 요즘 SNS에서 뜨고 있는 인디 밴드의 음악이라고 했다. 드럼 소리가 낮게 둥둥거렸다.

예원과 지윤은 회색빛 계단으로 된 스탠드를 지나 건물 옆쪽에 우뚝 서 있는 은행나무 아래로 갔다. 조금 외진 데다가 기다란 나무 의자 하나만 달랑 놓여 있어서 이곳을 찾는 아이는 거의 없었다. 그래서 예원은 이곳이 좋았다. 덩달아 지윤도 이곳에서 음악을 듣고 SNS를 살폈다.

귓바퀴를 타고 도는 인디 음악은 나름 듣기에 편했다. 요란하지도 날카롭지도 않게 마음을 가라앉혀 주는 곡이 흘러나왔다. 예원은 핸드폰을 열어 인디 가수를 찾아보았다. 낯선 이름인데 음악 사이트에 올라와 있는 노래는 제법 많았다. 예원은 인디 가수의 음악을 플레이 리스트에 넣고 전곡 재생 버튼을 눌렀다. 지윤이 엄지손가락을 들어 올리며 만족스러운 듯 씩 웃었다.

그때 교문 쪽에서 어수선한 움직임이 눈에 뜨였다. 정확하게는 교문 옆 등나무 아래였고, 거기에는 소희가 있었다.

아이들이 또 소희랑 시시덕거리고 있나 보다 생각하며 고개를 돌리려는데 이상한 광경이 눈에 들어왔다. 아이들이 성난 몸짓으로 소희에게서 등을 돌렸다. 소희 주위로 흙먼지가 포르르 일어났다.

"쟤네 왜 저러냐……."

지윤도 희한하다는 듯 등나무 아래를 바라다보았다. 예원은 잠자코 소희를 쳐다보았다.

홀로 남은 소희는 고개를 푹 숙인 채 핸드폰을 들여다보았다. 예원은 한 걸음 앞으로 나와 소희를 관찰했다. 디리링거리며 종이 울렸다. 수업 시간 예비 종이었다. 그만 교실로 들어가야 할 것 같았다. 한 발짝 걸음을 옮기는데 소희가 갑자기 소리를 지르고 두 손으로 얼굴을 가렸다. 무슨 일일까 궁금해서 견딜 수 없었다. 소희를 향해 발걸음을 떼려는데 지윤이 예원을 잡았다.

"야, 이것 좀 봐!"

지윤이 예원의 눈앞으로 핸드폰을 내밀었다. 핸드폰 화면에 소희의 인스타그램이 떠올랐다.

"소희 쟤, 아저씨랑 붙어 다니면서 원조 교제 했대."

지윤이 몸서리를 치며 얼굴을 구겼다. 예원은 부리나케

지윤의 핸드폰을 집어 들었다. 그리고 소희의 인스타그램을 살폈다. 첫 피드에 이상한 링크가 달려 있었다. 링크를 클릭해서 들어가자 소희와 모자이크 처리된 남자의 사진이 보였다. 예원은 눈을 크게 뜨고 사진을 다시 확인했다.

'이건 내가 찍은 사진이야!'

소희를 미행하며 돌아다닐 때 예원이 찍은 사진이 분명했다. 소희의 표정하며 옆에 있는 남자의 옷차림이 그랬다. 그런데 뒷배경은 영 낯설었다. 조작된 거였다. 악의적으로. 순간 예원의 머릿속에 digdigduck이 떠올랐다.

두 번째 계정을 열어 digdigduck에게 연락을 해야 했다. 하지만 이미 수업이 시작되었다. 심장이 심하게 덜컥거려 수업에 집중할 수 없었다. 그래도 예원은 수업이 끝날 때까지 아무렇지 않은 척 기다려야 했다.

수업이 끝나기가 무섭게 예원은 3반 쪽으로 다가갔다. 소희가 궁금해서였다. 같은 반 친구들이랑 계단 쪽으로 향하던 지윤이 예원을 불렀다.

"오늘은 학원에 바로 안 가?"

"아, 그게……."

엄마가 올 거였다. 그러면 곧장 학원으로 가야 했다. 예원의 시간표는 늘 같았다. 예원이 그렇게 만들어 놓은 탓도 있었다. 우물거리고 있는데 3반 뒷문이 열리고 아이들이 밖으로 튀어나왔다. 예원은 눈을 크게 뜨고 3반 교실을 들여다보았다. 소희 자리가 어디인지는 알지 못했다. 그래도 찾고 싶었다. 하지만 소희는 보이지 않았다. 예원은 잽싸게 서희에게 다가갔다. 서희가 놀란 얼굴로 예원을 보았다. 몇 달 동안 예원은 서희도 모른 척하며 지냈다. 서희가 소희랑 가까이 지내서였다. 그러니 예원을 보고 서희가 놀랄 만도 했다.

"소희는?"

"내가 어떻게 알아?"

서희는 신경질을 팩 부리고 예원을 지나쳤다. 3반 교실에 소희는 보이지 않았다. 어디로 갔을까. 뭘 하고 있을까. 심장이 두근두근 빠르게 뛰었다. 핸드폰 진동이 울렸다. 교문 앞에서 엄마가 전화를 한 거였다. 일단은 학원으로 가야 했다. 예원은 찜찜한 기분을 억누르며 교문으로 향했다.

학원에 도착하자마자 예원은 핸드폰을 꺼냈다. 그리고 소희의 인스타그램으로 들어갔다. digdigduck이 올린 링크는 여전히 댓글 창에 걸려 있었고, 그 아래로 악성 댓글이 줄줄이 이어졌다. 당장 계정을 삭제하고 죽어 버리라는 댓글도 있었다. 예원은 심장이 짓눌리는 듯했다. 소희 계정에 있는 악성 댓글이 온통 예원을 향하고 있는 것만 같았다.

예원은 학원을 빠져나왔다. 그러고는 가까이 있는 카페로 가서 다시 인스타그램에 접속했다. 다이렉트 메시지 창을 열고 digdigduck에게 메시지를 보냈다.

> 너 걔한테 무슨 짓을 한 거야?

메시지를 보내고 초조하게 핸드폰을 들여다보았다. 답이 오기를 빌고 또 빌었다. 하지만 메시지 창은 조용했다. 예원은 다시 메시지를 썼다.

> 그 사진 뭔지 내가 잘 알아. 너는 지금 범죄를 저지르고 있는 거야.

이번에도 digdigduck은 대꾸가 없었다. 늦은 밤까지 기다려야 하나 싶었다. 다시 소희가 떠올랐다. 핸드폰을 보다 주저앉으며 두 손으로 얼굴을 가려 버리던 그 아이는 지금 어디에서 무얼 하고 있을까. 그 아이를 찾아가야 할까.

'찾아가서 뭘 할 건데?'

마음속 예원이 물었다. 예원은 답을 할 수 없었다. 소희를 찾아간다고 뾰족한 답이 나올 것 같지도 않았다. dig digduck을 기다려야 했다. 그래서 digdigduck에게 링크에 게시된 글을 지우고 소희에게 사과를 하라고 말을 해야 했다. 하지만 밤늦게까지 기다리고 또 기다려도 digdigduck은 나타나지 않았다. 애초에 있기는 했던 아이일까 싶었다. 지금껏 허상을 붙잡고 마음을 나눈 것은 아니었을까. 예원의 마음만 지독하게 허물어져 갔다.

# #
대화

   소희를 둘러싼 소문은 며칠이 지나도록 스러지지 않았다. 소희도 학교에 나오지 않았다.

   학교는 온통 소희 이야기로 들썩거렸다. 삼삼오오 둘러앉은 아이들은 게시 글의 진위 여부를 두고 갑론을박을 벌였다. 그러다가 결국에는 게시 글을 믿는 쪽으로 결론을 냈다. 아이들은 앙칼진 목소리로 소희가 그럴 줄 알았다는 둥 갑자기 소희의 스타일이 변한 데는 그만한 이유가 있었다는 둥 떠들어 댔다. 아이들은 누구도 진실을 알고 싶어 하지 않았다. 그저 자기들의 마음이 가는 대로 소희를 더럽고 추잡한 아이로 매장시키고 있었다.

   아이들을 지켜보며 예원은 온몸에 소름이 돋았다. 손에 잡히지 않는 새까만 벌레들이 온몸을 훑고 다니는 기분이었다. 아이들에게 빽 소리를 내지르고, 게시 글은 전부 가짜라고 터뜨리고 싶었다. 예원이 마음만 먹으면 그럴 수 있었다. 예원에게는 digdigduck이 올린 게시 글의 사진 원본이 있었다. 하지만 예원은 겁이 났다. 아이들이 전부 눈에 독기를 가득 품은 채 왜 그런 짓을 했느냐고 따질 것 같았다. 얌전한 모범생인 줄 알았는데 뒤로 호박씨를 까고 있었느냐고 손가락질할 것 같았다. 지금 소희에게 그러는 것처럼 예원을 매장시키려 들 것 같았다. 아니 분명히 그럴 거였다. SNS도 아니고 현실에서 그런 일을 당하면 예원은 견디기 힘들 것 같았다.

예원은 이어폰을 꽂고 핸드폰의 플레이 리스트를 재생시켰다. 우선은 digdigduck을 기다려야 했다. 그래서 그 녀석이랑 대책을 마련해야 했다. 하지만 며칠째 녀석은 대꾸가 없었다. 득달같이 달려들어 이야기를 나누던 사이였는데, 그야말로 사라져 버린 거였다. 어디로 갔는지 애초에 있기는 했던 존재인지 알 수가 없었다. 그럼에도 예원은 그 녀석에게 질질 끌려다니며 이용만 당했다. 생각할수록 스스로가 한심해서 화가 치밀었다.

"강소희는 어떻게 돼요?"

소문이 돌고 나흘째 되는 날, 물리 담당인 3반 선생님이 교실에 들어오자 누군가가 큰 소리로 물었다.

"소희는 이제 학교에 안 나와요?"

기다렸다는 듯 아이들이 질문을 던졌다. 선생님은 고개를 가로저었다. 그러고는 소희가 곧 학교에 나올 거라고 했다.

"학교에서도 알아봤는데 소희는 절대 그런 일 없다고 했고, 사진에 같이 찍힌 사람이랑 면담도 진행했어. 소희 쪽에서 사이버 범죄 수사대에 수사를 의뢰했다니까 조만간 범인도 잡힐 거다. 그러니까 너희들도 엉뚱한 소리 하지 말고, 소희가 학교에 나오면 예전처럼 잘 대해 주도록. 알았지?"

선생님이 차근차근 설명을 했다. 아이들 사이에 들불처럼 한숨이 번졌다. 한숨의 의미는 알 수 없었다. 지금껏 게시 글을 믿고 있던 아이들이었다.

예원은 고개를 숙이며 얕게 숨을 뱉었다. 사이버 범죄 수사대에서 digdigduck을 찾아내면 예원도 불려 가는 게 아닐까 싶었다. 그러면 학교에도 소문이 돌겠지. 그러면 예원은 학교를 다닐 수 있을까. 다시 마음이 불안해졌다. 예원은 손톱만 잘근잘근 씹어 댔다. 지윤의 목소리도 예원의 귀에 들어오지 않았다.

수업이 끝나고, 예원은 곧장 핸드폰을 열었다. 답은 없지만 그래도 digdigduck이 메시지는 읽을 거라고 생각했다. 예원은 digdigduck과의 메시지 창에 사이버 범죄 수사대에서 조사가 시작될 거라는 사실을 짤막하게 적었다. 이쯤 되면 digdigduck도 연락을 해 오지 않을까 싶었다. 하지만 그날 밤이 늦도록 digdigduck에게서는 아무런 반응이 없었다. 예원은 소희의 계정으로 들어가 digdigduck을 찾아보았다. 하지만 digdigduck은 없었다. 그 녀석이 링크를 걸었던 댓글도 사라졌다. 완벽하게 증발해 버린 거였다. digdigduck의 존재는 예원의 다이렉트 메시지 함에만 남아 있었다.

"후우……."

예원은 길게 숨을 내쉬었다. 마음속 불안감이 점점 더 커지는 기분이었다.

며칠 뒤 소희는 학교에 나왔다. 아이들은 아무 일도 없었던 것처럼 소희를 대하는 듯했다. 하지만 겉모습뿐이었다. 소희 곁에서 시시덕거리던 아이들 대부분은 소희에게서 등을 돌려 버렸다. 그중에는 서희도 있었다. 소희의 둘도 없는 단짝인 양 굴던 서희는 소희 옆에서 찬바람을 쌩쌩 일으키며 다녔다. 예원이 가끔 3반을 들여다볼 때마다 소희는 표정 없는 얼굴로 창밖을 내다보고 있었다. 전처럼 소리 높여 웃는 일도 아이들에게 둘러싸여 시시덕거리는 일도 없었다. 낯빛은 중학교 때처럼 차고 어두웠다.

예원은 냉랭해진 소희의 얼굴을 이해할 수 있었다. 예원이어도 그랬을 거였다. 예원이었더라면 상황은 더 나빠졌을지도 몰랐다. 생각보다 예원은 약하디약한 존재였다. 소희와 digdigduck을 겪으며 예원의 심지는 가느다란 바람에도 혹 꺼질 만큼 여려졌다.

얼마 뒤에는 사이버 범죄 수사대에서 가짜 뉴스를 올린 범인을 잡았다는 소문이 돌았다. 범인은 소희와 예원 또래의 고등학생이라는 소문도 있었고, 나이 많은 아주머니라는 소리도 있었다.

예원은 끈덕지게 소문을 추적해서 진실을 알고 싶었다. 하지만 학교 안에 웅크리고 앉아서는 할 수 없는 일이었다. 소희라면 알고 있지 않을까 싶었다. 소희는 가짜 뉴스의 당사자니까 알려 주지 않았을까. 하지만 무턱대고 소희를 찾아가 진실을 물을 수 없었다. 소희가 왜 그러냐 물으면, 예원 역시 답을 할 자신이 없었다. 예원에게도 숨겨진 진실이 있었다.

"소희 일을 봐주던 아저씨랑 같이 일했던 모델이래. 그 사람이 자기 말고 소희를 데리고 이 일 저 일 하니까 꼴 보기 싫었나 봐."

은서가 소희에게 들었다며 목청을 높였다. 예원의 귀가 반짝 뜨였다.

"그 사람이 아줌마야, 여고생이야?"

은서 옆에서 지윤이가 물었다.

"우리보다 한 살 많다던데? 소희는 그 사람 얼굴도 모른대."

은서 말에 아이들은 또 이러쿵저러쿵 말을 만들어 냈다. 차마 입에 올리기도 거북한, 사이버 범죄와 다를 바 없는 악성 루머였다. 예원은 아이들을 향해 당장 그만두라고 소리를 지르고 싶었다. 하지만 그럴 수 없었다. 예원도 떳떳한 입장이 아니었다.

예원은 자리에서 발딱 일어나 교실을 빠져나왔다. 온몸이 바들바들 떨려서 가만히 있을 수 없었다. digdigduck이 잡혔다니 예원 역시 곧 경찰서에 불려 갈 거였다. digdigduck이 혼자서 당할 것 같지 않았다. 어차피 사진의 원본은 예원에게 있었다. 아, 어쩌면 그래서 불려 가지 않을 수도 있었다. digdigduck이 굳이 원본 사진을 내어놓으려 들지 않을 테니까. 정답이 없는 생각이 길게 꼬리를 물고 예원의 머릿속을 흩뜨렸다.

'소희의 일정을 세세하게 꿰고 있을 때 의심했어야 하는데……'

세상에 이런 바보 멍청이도 없을 듯했다. 무엇에 홀렸던 것일까. 생각을 되짚었다. 예원의 마음에 스스로가 홀려서 말도 안 되는 짓을 스스럼없이 저질렀다. 결국 예원의 잘못이고 불찰이었다.

"너, 어디 가?"

정신없이 걷고 있는데, 지윤이 예원을 잡았다. 그새 예원은 계단을 내려와 현관을 지나고 있었다. 지윤은 곧 수업 시작이라는 말을 덧붙였다.

"아……!"

예원은 고개를 푹 숙이고 몸을 돌렸다. 수업은 들어야 할 것 같았다. 일단은 예원의 자리에서 해야 할 일을 하는 게 맞을 것 같았다.

"너 요즘 좀 이상해!"

지윤이 예원과 걸음을 맞추며 말을 툭 뱉었다. 예원의 눈에 텀벙 눈물이 고였다. 지윤에게 지금까지의 일을 모두 털어놓고 싶었다. 하지만 마음뿐이었다. 절대로 입 밖에 내어놓을 수 없는 말이었다. 예원은 목울대까지 차오르는 말을 꾹꾹 눌러 삼켰다. 대신 스스로에게 벌을 줘야겠다고 생각했다.

digdigduck에게 소희의 자료를 제공해 준 건 예원 자신이었다. 어떻게 하면 가장 혹독한 벌이 될 수 있을까 고민했다. 그러다가 예원은 핸드폰을 바꿨다. 스마트폰을 버리고 2G 폰을 쓰면 그나마 남아 있는 몇몇 친구들과의 연락도 수월하지 않을 거였다. 그래도 하는 수 없었다. 예원은 스스로에게 잔인해져야 했다. 속도 모르고 엄마는 반색을 하며 기꺼운 얼굴로 예원의 핸드폰을 바꿔 줬다.

학교에 있을 때에도 예원은 이어폰을 꽂고 음악을 들으며 책만 들여다보았다. 아니면 책상에 엎드려 잠을 잤다. 그도 아니면 외진 곳에 있는 은행나무를 찾았다. 지윤이 왜 그러느냐고 따라붙었지만 예원은 되도록 지윤과도 거리를 두었다. 그게 자신에게 줄 수 있는 최고의 형벌이었다.

가을을 지나 겨울이 다가왔다. 간간이 소희의 소식이 들려왔지만 예원은 귀를 닫았다. 얼른 고등학교를 졸업하고,

다른 곳으로 이사를 가고 싶었다. 소희와의 기억이 살아 있는 이곳을 벗어나고 싶었다.

굳건하게 철벽을 치고 2학년으로 올라왔다. 예원의 곁에는 아무도 없었다. 마음을 먹기는 했지만 그래도 쓸쓸했다. 관계는 만들어 가는 것보다 끊어 내는 게 훨씬 쉬운 듯했다. 끊어 내기 쉬운 관계라면 굳이 좋은 관계를 만들려고 애쓸 필요가 있나 싶었다. 만사 심드렁한 채로 2학년 첫날을 맞았다. 그리고 예원은 뜻밖의 소식을 접했다.

"소희의 명복을 빌어 줍시다."

그 뒤로 예원은 정신을 차릴 수 없었다. 소희를 벼랑 끝으로 몰아 버린 게 자신인 것만 같았다. 아니 그것은 사실이었다. 가짜 뉴스가 퍼진 뒤로 소희는 다른 아이 같았다. 밝게 빛나던 소희의 빛이 꺼져 버린 것 같았다. 소희의 빛을 꺼 버린 사람이 예원이었다. 예원은 자신을 용서할 수 없었다.

이튿날 아침, 예원은 방문을 잠근 채 자리에서 일어나지 않았다. 엄마가 무슨 일이냐고 물어도 대답을 하지 않았다.

"임예원, 학교 가야지, 왜 이래, 응?"

예원은 학교에 가지 않을 작정이었다. 초등학교 때부터

고등학교 2학년에 올라오도록 한 번도 하지 않았던 일이었지만 하는 수 없었다. 그렇게라도 해서 소희에게 속죄하고 싶었다.

방문 밖에서 혼자 실랑이를 하던 엄마가 열쇠로 방문을 열었다. 그러고는 예원의 이불을 홱 걷어 냈다. 얼른 일어나 학교에 가라고 소리쳤다. 엄마도 잔뜩 화가 난 듯했다. 하지만 예원은 자리에서 꿈쩍을 않았다. 얼굴은 눈물범벅이었다. 엄마는 뭔가 일이 생겼음을 그제야 알아차렸다.

엄마는 학교에 전화를 걸어 예원의 결석 사실을 알리고, 내내 예원의 곁에서 예원의 눈치를 살폈다. 그러도록 예원은 입을 꾹 다문 채 멍하니 시간을 흘려보냈다. 이튿날에도 그 이튿날에도 예원은 침대에 웅크리고 있었다. 사흘 내내 예원을 지켜보던 엄마는 마침내 외출 채비를 하고, 예원을 침대에서 잡아 일으켰다. 그러고는 병원으로 끌고 가서 이런저런 검사를 받게 했다. 하지만 겉으로 드러나는 병은 없었다.

"임예원, 도대체 왜 이러는 거야, 응?"

엄마가 무릎을 꿇고 눈물을 흘렸다. 엄마를 내려다보며 예원은 다시 한번 가슴이 아팠다. 예원은 지금 엄마를 힘들게 하고 있었다. 아무 잘못 없는 엄마를. 생각해 보면 소희에게도 그랬다. 소희는 아무런 잘못이 없었다. 그냥 아이들 사이에서 겉돌았을 뿐이었고, 어쩌다 학생 모델이 되어 아이들에게 선망을 받았을 뿐이었다. 잘못은 예원에게 있었다. 소희를 겉돌게 만들고, 소희를 질투했다. 그리고 소희에게 해코지를 했다. 그러고서는 이제 엄마에게까지 생채기를 내고 있었다. 예원은 엄마 앞에 무릎을 꿇고 앉았다.

"잘못했어요, 엄마."

예원의 말에 엄마는 고개를 들어 예원을 보았다. 그러고는 죽었던 자식이 살아오기라도 한 것처럼 반색을 하며 예원에게 고맙다고 했다. 고맙다는 말이 예원은 생경했다. 예원은 절대로 들어서는 안 되는 말 같았다.

이튿날부터 예원은 다시 학교에 나갔다. 얼굴에는 이전보다 더 차가운 가면을 썼다. 반가워하며 예원에게 다가오던 아이들도 차고 냉랭한 예원의 반응에 한 걸음씩 뒤로 물러섰다. 철저히 혼자가 되어 가는 것. 예원은 그게 더 편했다.

엄마는 예원의 2G 폰을 없애고 다른 핸드폰을 개통해서 건넸다.

"이게 제일 최신 폰이라더라. 이제 이거 써."

엄마는 예원이 다른 아이들이랑 다르게 지내는 게 마음에 걸리는 모양이었다. 예원은 엄마가 내미는 핸드폰을 받아 들었다. 핸드폰이 있어도 예원이 쓰지 않으면 그만일 거였다. 예원은 새로 받은 최신 폰을 2G 폰처럼 이용했다. 그렇게 한 달이 넘도록 지내고 있었는데, 새로운 소식이 날아들었다. 소희의 인스타그램이 살아났다.

집으로 들어오자마자 예원은 소희의 계정을 찾아 갔다. 그새 소희 계정의 새 피드에는 학교에서 본 것보다 더 많은 댓글이 달려 있었다.

−어딜 갔다가 이제 나타난 거야

−@gahee_closet 얘 죽었다고 하지 않았냐

−얼굴 좀 보여 줘라

예원은 핸드폰을 꼭 쥔 채 허공을 보았다. 정말로 소희가 맞을까. 소희가 살아 있었던 걸까. 그동안 왜 나타나지 않은 걸까. 아팠다고 했다. 그래. 아팠다면 몇 달쯤 나타나지 않을 수 있다. 어쨌든 예원은 소희랑 이야기를 나누고 싶었다. 아니 사과라도 꼭 하고 싶었다. 어떻게 하면 소희랑 이야기를 나눌 수 있을까 생각하다가 예원은 다이렉트 메시지를 떠올렸다. digdigduck이랑 매일같이 나누던 그것. 소희라면 예원이 보낸 메시지를 모른 척하지 않을 것 같았다. 그냥 그런 느낌이 들었다.

소희야 나 예원이야 임예원

예원은 짧은 글을 써서 소희에게 보냈다. 가슴이 두근두근 뛰었다. 자꾸만 핸드폰으로 손이 갔다. 언제쯤 연락이 올까 기다려졌다. 그럴수록 시간은 더디게 가는 듯했다. 하는 수 없었다. 잠깐이라도 소희를 잊으려면 다른 일을 해야 했다. 예원은 가방을 챙겨 들고 학원으로 향했다.

학원을 마치고 늦은 밤 집으로 돌아와 예원은 다시 핸드폰을 열었다. 메시지 함은 조용했다. 여전히 메시지를 읽지 않은 상태였다. 예원은 다시 메시지를 보냈다.

너 정말 살아 있는 거야?
나 너에게 꼭 할 말이 있어.

그래도 답은 없었다. 선생님 말처럼 소희가 아닌 걸까 싶었다. 누군가 장난을 치고 있는 걸까. 그렇다면 왜……. 혼자서 이리저리 머리를 굴려 봐야 답은 나오지 않았다. 예원은 까만 밤을 홀로 끙끙거리며 보냈다.

이튿날에도 소희의 계정에는 새 피드가 올라왔다. 이번에는 거울 앞에 서 있는 셀카였는데, 얼굴의 상당 부분은 머리카락으로 가린 채였다. 그래도 몸집이나 사진의 분위기가 소희인 것 같았다. 어쩐지 그래 보였다. 예원의 가슴이 또 빠르게 뛰었다.

학교에 도착하자마자 예원은 다이렉트 메시지 함을 살폈다. 이번에도 답은 없었다. 어떻게 할까 고민을 하다가 예원은 또 메시지를 적었다.

> 내가 너한테 악플을 썼어.
> 네 사진을 찍은 것도 나야.

이번에도 아무런 반응이 없다면, 예원은 더 이상 소희의 답을 기다리지 않으리라 마음먹었다.

그런데 그날 늦은 오후에 소희에게서 답이 왔다.

만나자.

    예원의 가슴은 제어가 되지 않는 기차처럼 덜컥거리며
달렸다.

3부

—

다
시

# #
소운

소희가 떠났다. 달랑 문자 메시지 하나 남기고.

미안해.

도대체 소희는 무엇이 그렇게 미안했을까. 그렇게 훌쩍 떠나 버리는 게 더 미안한 일이라는 걸 소희는 왜 몰랐을까. 아무리 머리를 쥐어짜 보아도 소희가 잘못한 건 없었다. 적어도 소운이 알기에는 그랬다. 그래서 소운은 억울하고 분했다. 무엇이 소희에게 죄책감을 심어 줬는지, 무엇이 소희를 벼랑 끝으로 몰아갔는지 소운은 알고 싶었다.

"집을 옮기자."

저녁을 먹으려 둘러앉은 자리에서 아빠가 무겁게 말을 뱉었다. 하얀 가루가 된 소희를 납골당에 놓고 돌아온 지 열흘 만이었다.

"왜요?"

소운이 따지듯 물었다. 엄마는 스르르 고개를 돌렸다. 분명히 울고 있을 거였다. 엄마는 눈가가 짓무르도록 울고 또 울었다. 소리도 없이 끅끅거리면서. 소희는 꼭 엄마를 닮았다. 속으로만 끙끙거리는 것. 소운은 절대 소희처럼 엄마처럼 되고 싶지 않았다. 이를 악물었다.

아빠는 이유를 말하지 못했다. 그냥 멀건 눈으로 소운을 보았다.

소운은 아빠가 왜 그러는지 알고 있었다. 이 집은 할아버지가 직접 지어 올렸다. 그만큼 아빠에게도 의미가 있는 집이었다. 그런데도 아빠는 집을 옮길 작정을 하고 있는 거였다. 그게 소운은 싫었다.

"싫어요!"

"왜?"

아빠가 두 눈을 매섭게 치떴다. 화가 난 듯했다.

"도망치는 거잖아요!"

소운이 야무지게 대꾸했다. 엄마가 고개를 돌려 소운을 보았다.

"난 절대로 도망치지 않을 거야."

"그게 무슨 소리야?"

아빠가 물었다. 소운은 입을 꾹 다물었다. 도망치지 않을 거야! 이건 소희에게 하는 약속이기도 했다.

"소운아, 너 무슨 생각을 하고 있는 거야?"

이번에는 엄마가 물었다. 기운 하나 없는 엄마 목소리는 아슬아슬 위태롭게 들렸다. 엄마가 이곳을 버티지 못한다면 이사를 하는 게 맞을까 싶었다. 이곳에는 소희의 흔적이 너무나 많았다. 아니 집 안 전체에 소희의 흔적이 담겨 있었다.

"뭘 생각하고 말고 그런 거 아니에요. 그냥 여기에서 꿋꿋하게 학교에 다니고, 꿋꿋하게 사람들 앞에 설 거야. 우리가 이사를 가 버리면 사람들은 언니가 뭘 잘못해서 떠난 줄 알 거 아니야. 난 그거 싫어요."

소운은 마음속에 담고 있는 말을 솔직하게 뱉어 냈다. 솔직해야 했다. 혼자서 감추고 숨기며 끙끙거리는 거 질색이었다. 아빠가 얕게 숨을 내쉬더니 엄마를 보았다. 엄마는 또 고개를 푹 숙였다. 아빠 얼굴에 고민의 빛이 스쳤다.

소운은 얌전히 밥을 먹고 자리에서 일어났다. 엄마와 아빠에게 미안했다. 엄마와 아빠의 뜻을 거스르고 있는 거니까.

'언니가 느꼈던 미안함도 이런 거였을까?'

소희는 달랐을 거였다. 소희는 부모님의 뜻을 거스른 적이 없었다. 그런데도 미안하다고 했다. 소운은 소희가 남긴 마지막 메시지를 다시 꺼내 보았다. 짧은 메시지에 담겨 있는 무엇인가가 분명히 있을 거였다. 소운은 소희가 남긴 메시지의 속을 들여다보고 싶었다.

소운은 인스타그램에 들어갔다. 소운도 당연히 소희의 계정을 팔로우하고 있었다. 소운은 소희의 계정을 열었다.

---

river_now0724 피곤한 걸음

마지막 피드에 적힌 짧은 글귀에 왈칵 눈물이 쏟아졌다.

'언니는 이때부터 마지막을 생각하고 있었을까?'

왜 알아차리지 못했을까. 매일같이 들여다보던 인스타그램이었는데. 그때 소운은 소희가 말 그대로 피곤한 줄로만 알았다.

10월의 어느 날, 갑작스럽게 터진 가짜 뉴스에 황폐해졌던 소희가 가까스로 위기를 극복하고 다시 기운을 차리기 시작했을 때니까. 그래서 소희의 피드가 올라왔던 그날, 소운은 늦은 저녁 집에 들어온 소희에게 따끈한 레몬차를 만

들어 줬다.

"피로를 푸는 데는 비타민이 최고래."

소운은 그렇게 말을 건네며 생긋 웃었고, 소희는 들릴락 말락 작은 소리로 고맙다고 말했다. 그러고는 곧장 침대에 몸을 뉘였다. 정말 많이 피곤하구나 싶었다.

"잘래?"

소희에게 물었고, 소희는 고개를 끄덕였다.

"그래도 씻기는 해야지."

소운이 채근했다.

"조금만 이따가."

소희는 눈을 감은 채 그렇게 말했다.

"내가 5분 준다. 5분 안에 안 나오면 다시 들어올 거야."

그때 소운은 왜 그렇게 모질었을까. 편히 쉴 수 있도록 그냥 둘 일이지. 엄마도 매니저도 아니면서 소운은 소희를 볼 때마다 잔소리를 늘어놓았다.

'그래서 언니, 나한테 한마디 상의도 없이 훌쩍 가 버린 거니?'

후회가 밀물처럼 밀려들었다. 소운은 고개를 저었다. 이래서는 아무것도 알아낼 수 없었다. 감상은 나중으로 미뤄야 했다. 우선은 소희의 속사정을 알아내는 게 급했다. 하지만 소운이 소희의 계정을 속속들이 들여다보기는 무리였다. 아무래도 소희의 계정으로 로그인을 해야 할 것 같았다.

'언니 폰!'

소희의 핸드폰만 있으면 간단히 해결될 문제였다. 소운은 부리나케 소희 방으로 들어갔다. 거실에 앉아 멍하니 텔레비전을 쳐다보고 있던 부모님이 놀란 얼굴로 소운을 보았다. 하지만 그뿐이었다. 부모님은 소운을 나무라지 않았다. 워낙에 소운은 소희 방을 자주 들락거렸다.

소희 방에서 소운은 우뚝 멈춰 섰다. 열흘 만에 들어온 소희 방은 낯설었다. 아니 낯설지는 않았다. 다만 소희가 없는 게 어색했다. 방은 열흘 전과 다를 바 없는데 왜 소희만 없는지 이해할 수 없었다. 왈칵 울음이 솟구쳤다.

'안 돼!'

소운은 이를 악물었다. 소희 방에서 소운이 덜컥 울음을 쏟아 낸다면 아빠는 곧장 부동산으로 전화를 걸 수도 있다. 당장 집을 옮겨야 한다고 목청을 높일지 몰랐다. 그럴 수 없었다.

소운은 온몸에 바짝 힘을 주고, 소희의 책상으로 다가갔다. 책상 위는 지나치리만큼 깔끔했다. 소희가 먼 길을 떠나려고 단단히 준비한 거였다. 그렇다면 핸드폰도 정리가되어 있을 수 있었다. 마음이 갑자기 바빠졌다. 소운은 책상머리에 앉아 서랍을 열었다. 그러다 마지막, 소희가 떠나던 자리에 핸드폰이 있었다는 사실이 떠올랐다. 소희의 핸드폰은 소희 방에 없을 거였다. 소운은 잽싸게 거실로 뛰어나갔다.

"아빠, 언니 핸드폰 아빠가 받았죠?"

소희의 마지막 소식을 전해 준 사람은 경찰관이었다. 소희가 세상을 떠나던 그 장소로 출동한 경찰은 소희의 물건을 챙겨서 아빠에게 건넸다. 그중에 핸드폰도 있었다.

"갑자기 그건 왜?"

아빠가 눈을 동그랗게 뜨고 물었다.

"제가 가지려고요."

소운의 말에 아빠는 어떻게 할까 고민을 하는 듯 보였다.

"제가 가지고 있게 해 주세요, 네?"

소운은 아빠 앞으로 바짝 다가가 간절한 마음을 전했다. 엄마는 모르는 척 텔레비전을 보았다. 아빠가 큰방에서 소희의 핸드폰을 꺼내 왔다. 하얀색 핸드폰에 투명한 고무 젤

리 케이스가 덮여 있는 소희의 핸드폰은 소운의 것과 같은 기종이었다. 소운은 소희의 핸드폰을 들고 제 방으로 들어왔다.

책상 위에 소희의 핸드폰을 올려 두고, 소운은 크게 심호흡을 했다. 핸드폰에 비밀이 담겨 있어야 했다. 소운은 비장한 마음으로 소희의 핸드폰을 켰다. 디리링거리며 소희의 핸드폰에 전원이 들어왔다. 충전이 필요했다.

소운은 침대로 자리를 옮겨 충전기를 연결했다. 집 앞에서 소희와 소운이 함께 찍은 사진이 배경 화면으로 떴다. 소희가 빨간 코트를 입고 사진을 찍던 그날, 소운이 셀카로 함께 찍은 사진이었다. 왈칵 눈물이 고였다.

'왜 하필 이 사진이야……'

어떤 사진이었어도 출렁거렸을 감정이었다. 소운은 손등으로 눈물을 닦아 냈다. 감정에 자꾸 휘둘릴 수 없었다. 소희가 왜 극단적인 선택을 할 수밖에 없었는지 소운은 반드시 알아내야 했다. 그러려면 강해져야 했다. 소운은 계속 울음이 차오르는 것을 꿀꺽 삼켰다.

소운은 일단 소희의 통화 목록을 살폈다. 발신자가 누구인지 알 수 없는 전화 몇 통을 제외하고는 엄마와 소운, 정 실장과 통화한 게 거의 전부였다. 가끔 모델 학원 원장과 스튜디오 실장님의 이름이 끼어 있기는 했다.

'친구도 없었냐……'

소운은 혼잣소리를 하며 문자 메시지 함을 열었다. 그곳도 통화 목록이랑 크게 다르지 않았다. 아무래도 또래 친구들하고는 톡을 이용할 것 같았다. 소운은 이내 톡을 켰다. 소희의 채팅 목록은 단출했다. 우리 가족, 정 실장, 모델 학원 그리고 J 스튜디오와 1학년 3반 단톡방 또 몇몇 친구들이랑 맺어져 있는 단톡방 하나.

소운은 우선 1학년 3반 단톡방으로 들어갔다. 그 방은 거의 공지 사항을 전달하는 듯했다. 마지막 톡이 겨울 방학식 무렵이었다. 소운은 다시 친구들 단톡방으로 옮겨 갔다. 서희, 하은, 지안, 영우 등의 이름이 골고루 섞여 있는 방에서는 시시콜콜한 이야기들이 올라와 있었다. 방학 이야기, 아이돌 이야기, 요새 유행하는 게임 이야기, 학원 이야기, 여행 이야기 등등.

단톡방에서 소희는 친구들 사이에 간헐적으로 추임새 정도를 넣는 위치인 듯했다. 소희의 대꾸는 그리 잦지 않았고, 친구들도 소희의 무반응에 익숙한 듯 자기들끼리 떠드

느라 바빴다. 무늬만 친구. 뭐 그런 사이 같았다. 단톡방에 있는 누구도 소희의 속내를 알고 있는 친구는 없을 듯했다. 씁쓸했다.

'도대체 강소희, 너는 무슨 재미로 살았니?'

소희가 옆에 있을 때 살펴볼 걸, 또다시 후회가 일었고 소운은 고개를 저었다. 앞으로 이와 같은 행동을 얼마나 되풀이해야 할까 싶었다. 머리가 지끈거렸다.

소운은 부엌으로 나가 찬물 한 잔을 들이켰다. 그새 불이 꺼진 거실은 조용했다. 큰방 문은 굳게 닫혀 있었다. 어두컴컴한 방에서 부모님은 무슨 이야기를 나눌까 싶었다. 이야기를 나누기는 할까. 소희를 떠나보내고 부모님은 말도 표정도 모두 잃어버렸다.

방으로 들어와 소운은 다시 소희의 핸드폰을 잡았다. 이번에는 SNS를 뒤져 볼 차례였다. 인스타그램 어플을 누르자, 소희의 계정은 간단하게 연결되었다. 그리고 다이렉트 메시지에 새로운 메시지가 왔다는 알림이 무수하게 떴다. 소운의 계정으로는 열어 볼 수 없는 메시지 함이었다. 별생각 없이 소운은 소희의 다이렉트 메시지 함을 열었다. 순간 믿을 수 없는 메시지들이 우수수 떠올랐다.

더러워

너 같은 것 때문에 모델들이 욕을 먹는 거 아냐.

너네 부모님 포주지? 나이 어린 딸 팔아먹고 사는 악덕 포주.

소운은 얼른 핸드폰을 뒤집고 가슴에 손을 얹었다. 심장이 벌렁거려서 가만히 있을 수 없었다. 도대체 어떤 인간들이 이런 메시지를 보냈을까 싶었다. 그러려면 눈을 크게 뜨고 확인을 해야 했다. 소운은 크게 숨을 들이마셨다가 깊게 내쉬었다. 마음의 준비가 필요했다.

다시 다이렉트 메시지 함에 들어갔다. 최근에 들어온 메시지들은 소희가 세상을 떠난 뒤에 들어온 거였다. 그 전으로 거슬러 올라갔다. 험한 메시지들은 수두룩했다. 그대로 둔 건지 지울 만큼 지우다가 포기를 한 건지 알 수 없었다. 메시지들 사이에는 한번 만나자는 글도 섞여 있었다. 돈은 얼마든지 주겠다 운운하면서.

"하아……!"

읽을수록 한숨만 터졌다. 이런 글을 받고서 소희 마음은 어땠을까 싶었다. 왜 몰랐을까. 아니 왜 말을 하지 않았을까. 어디로 향하는지 알 수 없는 원망이 자꾸자꾸 피어올랐다. 정 실장은 알고 있었을까. 알면서도 소희에게 계속 일을 시킨 걸까.

무엇을 어떻게 해야 할지 알 수 없었다. 경찰서에 신고를 해야 할까. 아니, 소희가 세상을 버리고 난 뒤 경찰은 소희의 핸드폰을 가지고 갔었다. 그런 다음 이틀 뒤 소희의 핸드폰을 아빠에게 돌려주면서 별다른 폭력의 조짐은 보이지 않는다고 했다. 경찰은 소희의 인스타그램까지 확인을 했던 걸까. 그랬으면서도 별다른 조짐이 없다고 말한 걸까.

부르르 주먹에 힘이 들어갔다. 당장 핸드폰을 들고 경찰서로 달려갈까 싶었다. 그래도 별다른 조짐이 없다고 하면 뭐라고 해야 하지 생각하다가 훅 숨을 몰아쉬었다. 머릿속이 뒤죽박죽 엉망이었다. 소운은 소희의 핸드폰을 쥐고 방안을 뱅글뱅글 맴돌았다. 머릿속은 진창 속으로 곤두박질치는 느낌이었다.

# #
진실

그나마 방학 중이어서 소운은 다행이라는 생각이 들었다. 소희를 떠나보내고 다행이라는 생각을 한다는 게 어이가 없기는 했지만 어쨌든 아이들이랑 마주할 일이 없다는 것, 그리고 종일 집에 틀어박혀 있어도 된다는 사실이 소운에게는 위안이었다.

부모님은 오랜만에 회사에 나갔다. 출근을 하면서 아빠는 엄마에게 힘들면 조퇴하고 들어오라고 했다. 엄마는 아무 말도 안 했다. 꼭 소희 같아. 소운은 입을 꾹 다문 채 집을 나서는 엄마를 보면서 또 소희를 떠올렸다.

냉장고에서 물을 한 잔 따라 마시고 소운은 방으로 들어왔다. 침대 한쪽에 놓아두던 소희의 핸드폰이 대번에 걸렸다. 뭐든 찾아내겠다고 다짐했지만 소운은 마음이 버거웠다. 소희의 핸드폰에 그런 끔찍한 메시지가 차고 넘치도록 담겨 있으리라고는 상상도 하지 못했다. 정 실장이랑 통화를 해야겠다고 소운은 생각했다. 하지만 아직은 이른 시간이었다. 조금 더 뒤져 볼 작정을 하고, 소운은 이불 속으로 들어갔다.

핸드폰을 열어 인스타그램에 접속했다. 빨간 코트를 입고 휴양림에서 찍은 프로필 사진은 볼 때마다 눈물이 날 것 같았다. 그 사진을 찍고 들어온 날, 소희는 평소와 달랐다. 살짝 들떠 있었다.

"진짜 모델이 된 것 같아."

자기도 모르게 말을 뱉고 소희는 민망한 듯 배시시 웃었다.

"그럼, 모델이지. 실키에서 들으면 서운해하겠다."

소운은 당연한 소리를 한다고 슬며시 면박을 줬다.

'자신감을 가지라고 그런 거였어, 언니.'

소운의 눈에 소희는 누구보다 멋지고 개성이 넘치는 모델이었다. 그걸 소희 자신만 모른다고 생각했다. 그래서 자꾸만 퉁을 놓았다.

'멋지다고 말해 줄걸. 잘한다고 말해 줄걸.'

또 넋두리가 쏟아졌다. 이럴 일이 아니었다. 소운은 힘껏 도리질을 하며 핸드폰을 잡았다. 그러다가 소희의 프로필을 잘못 눌렀나 싶었는데, 인스타그램은 소희의 계정을 다른 계정으로 전환시켜 주었다.

sohee1015

팔로워도 팔로잉도 0인데, 게시 글은 70여 개에 이르는 소희의 비공개 계정이었다.

소운은 허리를 곧추세우고 sohee1015 계정을 보았다. 하얀 태양에 눈과 입이 그려진 프로필 사진. 소희가 모델 활동을 하기 전에 인스타그램 프로필로 썼던 그 사진이었다. 소희가 찍은 사진에 소운이 낙서를 해서 건네준 사진. 소희는 이 사진을 우울할 때 한 번씩 쳐다보겠다며 메신저 프로필 사진으로도 걸어 두었다.

소운은 sohee1015 계정의 첫 글을 찾아 스크롤을 쭉쭉 올렸다. 지난해 10월 16일에 올린 첫 게시 글에는 빨간색 X 자가 크게 그려진 사진 아래 짤막한 글이 적혀 있었다.

---

sohee1015 정 실장이 아는 애란다. 미친.
정 실장한테 악감정이 있으면 정 실장한테 풀 일이지 왜 나한테 이러는데.

소운은 눈을 크게 뜨고 다시 한번 피드를 읽었다. 소희가

쓴 글이 아닌 것만 같았다. 소희는 격한 말을 쓰지 않았다. 소운이 험한 말을 뱉으면 이내 가자미눈을 하고, 하지 말라고 지적을 하던 사람이 소희였다.

"말과 글에는 그 사람의 성격이 담기는 거야. 네가 험한 말을 하고 험한 글을 쓰면 네 성격도 따라서 험해지는 거라고."

부글부글 속이 끓어오를 때에도 소희는 험한 말을 쓰지 말라고 했다.

"그러다 속병 나. 속병 나면 언니가 고쳐 줄 거야?"

소운이 쫑알쫑알 따져 물어도 소희는 완강했다. 누군가에게 험한 말을 하면 똑같이 험한 사람이 되는 거라고도 했다. 그랬던 소희가 비밀 계정을 만들어 험한 말을 적어 놓다니. 어지간히 속이 끓었나 싶었다.

10월 16일. 소운은 그때를 돌이켜 보았다. 그때는 SNS에 소희를 둘러싼 말도 안 되는 소문이 번진 이후였고, 그 소문을 퍼뜨린 사람이 소희 이전에 정 실장이 키우겠다며 교육을 시키던 모델 지망생이라는 사실이 밝혀질 무렵이었다.

'많이 속상했구나, 언니.'

사실 그 일은 속상하다는 말로는 부족한 사건이었다. 모델 지망생이라는 사람이 퍼뜨린 가짜 뉴스는 SNS는 물론 일반 포털 사이트에도 번졌다. 소희의 얼굴은 모자이크되어 제대로 드러나지 않았지만 소희의 계정을 아는 사람들은 포털 사이트에도 많았다. 눈에 보이지 않는 사람들은 SNS와 포털 사이트에서 소희를 향해 돌을 던졌다. 수많은 돌이 쌓이고 쌓여서 소희는 돌무덤에 갇힌 것만 같았다.

정 실장은 이내 범인을 잡아 처벌하겠다며 사이버 범죄 수사대에 수사를 의뢰했고, 며칠 지나지 않아 범인은 잡혔다. 그리고 해당 게시 글이 가짜임이 전부 드러났다. 하지만 사람들은 진실을 외면했다. 10대 모델이 중년 남자랑 그렇고 그런 관계를 가지며 모델 활동을 한다는 소문은 이미 수많은 사람들에게 진실인 양 퍼져 있었고, 뒷이야기에는 누구도 관심을 갖지 않았다.

그때 소희는 며칠 동안 집에 틀어박혀 꿈쩍을 않았다. 마치 도를 닦는 선인처럼 무표정한 얼굴로 사람들의 수군거림이 사그라질 때를 기다렸다. 있는 대로 속을 뒤집어 보이며 열불을 내는 건 소운이었고, 소희는 점잖은 어른처럼 소운을 타일렀다.

"똑같은 사람이 되지 말자. 언젠가는 사람들이 진실을 알아줄 거야.”

그랬던 소희가 혼자만의 비밀 계정에 숨어 속을 털어 내고 있었다. 소운은 가슴이 꽉 막히는 듯했다. 소운은 겉옷을 챙겨 마당으로 나왔다. 찬 공기가 훅 끼쳤다. 쌩하니 불어온 찬 바람이 뺨을 때리며 정신 차리라고, 어차피 알아보려고 시작한 일이 아니었냐고 소운을 다그쳤다. 소운은 하늘을 올려다보았다. 구름이 무겁게 내려앉아 있었다. 펑펑 눈이 쏟아질 것 같았다. 동시에 하얀 눈밭에서 춤을 추던 소희의 영상이 떠올랐다. 불쑥불쑥 선명하게 떠오르는 소희 때문에 소운은 힘들었다.

‘천천히, 천천히 하자. 강소운.’

어차피 소희는 떠나고 없었다. 그러니 급할 이유도 없었다. 조금 늦더라도 차분하게 알아보자 마음먹었다. 벌써 지치면 안 될 일이었다.

소희의 비밀 계정은 소희의 일기장이었다. 10월 16일부터 시작된 피드는 이틀이 멀다 하고 올라왔고, 정체불명의 사진 아래에는 혼란한 문장이 몇 줄씩 쓰여 있었다.

---

sohee1015 아니라고! 아무리 말을 해도 아이들은 믿으려

들지 않는다.

마치 벌레라도 보듯 나를 쳐다본다. 이러던 아이들이
아니었는데 아니, 아닌 줄 알았는데 역시 나에게는 사람
보는 눈이 없다. 그러니까 이런 대접을 받지.

소운은 소희가 적어 놓은 문장들을 몇 번씩 되짚어 읽었
다. 내내 고통스러워하며 집 안에 웅크리고 있던 소희가 다
시 학교에 다니던 즈음이었던 것 같았다. 그때 학교에서도
뭔가 일이 있었던 모양이었다. 일의 실체가 뚜렷하게 드러
나지는 않지만, 소희는 내내 불편한 상황이었던 듯했다. 소
희를 둘러싼 불편함은 자신을 향한 책망으로 이어지고 있
었다.

---

sohee1015 아무리 달라지려고 기를 써도 달라질 수 없는
게 나인가 보다.
그걸 이제는 나도 받아들여야 하나 보다.

10월 내내 소희는 고통스러웠다. 갈팡질팡. 뚜렷한 대상
도, 소리도 없는 외침이 피드를 가득 채웠다. 소희의 피드

를 읽으며 소운의 마음은 계속 허물어졌다.

'미안해, 언니. 언니가 이렇게 힘들어하는 걸 못 알아채서 정말 미안해.'

연신 사과를 하며 피드를 넘겼다. 어느새 11월로 넘어갔다.

---

sohee1015 달라진 게 하나도 없다.
그 애 때문에 내 시간은 엿같이 꼬였는데,
고작 한 달 조사받았던 것으로 퉁을 친다고 한다.
나는 사람들 앞에 얼굴을 내밀고 다닐 수가 없는데,
억울해서 견딜 수가 없다.

이게 무슨 소리인가 싶었다. 변한 게 없다니. 여전히 그 사람이 풀어놓은 더러운 이야기가 진실인 양 떠돌고 있는데! 손이 부르르 떨렸다. 소운은 전혀 몰랐다. 당연히 마땅한 벌을 받고 있을 줄 알았다. 이걸 왜 소희는 이야기하지 않았을까. 소운은 소희의 핸드폰을 놓고, 정 실장에게 전화를 걸었다. 정 실장에게 확인을 하고 싶었다. 하지만 정 실장은 전화를 받지 않았다. 바쁜가 싶어 소운은 정 실장에게 문자 메시지를 넣었다.

가짜 뉴스 만든 사람, 어떻게 됐어요?

메시지를 확인하면 곧장 연락을 줄 거라고 믿었다. 하지만 한 시간이 지나고 두 시간이 넘도록 정 실장은 답이 없었다. 소운은 다시 정 실장에게 연락을 했다. 그래도 정 실장과는 통화를 할 수 없었다. 불끈 화가 났다. 소운은 아빠에게 전화를 걸어 물어볼까 생각했다. 하지만 그건 위험했다. 만약에 아빠도 모르고 있는 사실이라면, 아빠도 성이 오를 거였다. 그러면 뒷일은 어떻게 될까. 소운은 두 눈을 감고 길게 숨을 뱉었다. 이럴수록 차분해져야 했다. 소희가 그랬던 것처럼.

---

sohee1015 내가 그 애의 것을 빼앗았단다.
그러니까 모두 내 잘못이란다.

11월을 지나 12월로 넘어가는 피드에서 소운은 핸드폰을 내려놓았다. 몰랐는데, 소희는 그 애를, 가짜 뉴스를 퍼뜨린 사이버 범죄자를 만났던 듯했다. 왜 만났을까. 아니 어쩌다 만났을까. 소운의 가슴이 답답해졌다.

sohee1015 그 애 옆에는 그 애를 도와주는 나의 적이
있다 한다.
나의 적… 내 곁에 있다는 나의 적은 누구일까….
어쩌면 내 주위에는 온통 적으로 가득했을지도 모른다.
아니다…. 그랬던 것 같다.

이어진 피드에는 낯선 단어가 떠올랐다. 소희를 공격하
고 사이버 범죄자를 도와준 '적'이 소희 가까이에 있다는 거
였다. 이후로 소희의 비공개 계정에는 온통 두려움과 불안
이 가득했다. 구체적으로 무슨 일이 있었는지는 알 길이 없
었다. 아무래도 정 실장이랑 이야기를 해야 할 것 같았다.

작년 12월, 언니한테 무슨 일 있었죠?

일부러 단정적으로 메시지를 보냈다. 그리고 초조하게
답을 기다렸다. 밤이 늦도록 답이 없던 정 실장은 이튿날
오후 무렵에야 소운에게 전화를 걸었다. 그러고는 갑자기
무슨 소리냐고 따지듯 물었다. 소운은 차마 소희의 부계정
을 말할 수는 없었다.

"언니 일기장을 뒤져 보고 있는데 12월에 무슨 일이 있었던 것 같아요."

"야, 그때는 시험이니 뭐니 하면서 꼼짝 안 할 때잖아!"

정 실장이 꽥 소리를 질렀다. 소운이 알던 정 실장이 아닌 듯했다. 소희가 있을 때 정 실장은 내내 친절하고 예의가 발랐다.

"아닌 것 같은데, 분명히 뭐가 있었는데!"

소운도 질 수 없었다. 소운은 핸드폰을 붙잡고 바락바락 소리를 높였다.

"야, 강소운! 네가 뭔데 나한테 이러냐?"

정 실장이 아니꼬운 투로 말을 이었다.

"너희 언니가 그렇게 가 버리는 바람에 내가 얼마나 난처해졌는지 알기나 해? 나도 지금 죽겠다고!"

정 실장의 말은 곱지 않았다. 소희에게도 이랬을까 싶었다. 자꾸만 머릿속이 아득해지는 느낌이었다.

"에잇, 처음에 이상한 사진 올라왔을 때 알아봤어야 했어. 이게 다 너희 언니 탓이라고!"

정 실장이 계속 험악하게 말을 뱉었다. 말에 치여서 소운은 머리가 핑 도는 것 같았다. 삐질삐질 식은땀도 났다. 잘

못한 것도 없는데 어딘가로 몰리는 느낌이었다. 소희가 보고 싶었다.

"아저씨!"

소운이 왈칵 울음을 터뜨렸다.

"아저씨가 우리 언니한테 이러면 안 되잖아요……."

"그래, 우리 서로 속상하니까 이제 연락하지 말자. 서로 볼일도 없잖아, 이제!"

정 실장이 발칵 화를 냈다. 귀찮은 일 하나를 얼른 떼어 내려는 듯했다. 소운은 팽 하니 전화를 끊었다. 정 실장에게 매달리고 싶지 않았다. 소희의 일은 소운이 알아서 해야 할 것 같았다. 소운은 다시 소희의 부계정을 열었다. 차근차근 소희의 지난겨울을 더듬어 내야 했다.

---

sohee1015 아이들의 시선이 따갑다.
아니다. 아이들은 애초에 나 따위에게 눈길조차 주지 않았다.
아이들이 바라본 건 인스타그램 속 모델, 강소희였다.

나는 무엇일까.

고등학생도 모델도 아닌,
누군가 정교하게 만들어 놓은 진창에 빠져 버렸다.

나의 적은 오늘도 나를 쫓아다녔을 거다.
나의 말, 행동 하나하나를 기록해서 그 애한테 넘겼겠지.
내일은 또 무슨 일이 벌어질까… 두렵다.

───────────────────────────────────────

　소희는 쫓기는 것 같았다. 상대는 뚜렷하지 않았다. 적이
라고 표현되어 있는 누군가가 소희 주위에 있다는 것만 짐
작될 뿐이었다. 어쩌면 모든 일의 출발은 적일지도 몰랐다.
적이 있었기에 그 애, 사이버 범죄자도 있었을 거였다. 소
운은 소희 가까이에 있었던 적을 찾아보기로 마음먹었다.
그래야만 소희에게 무슨 일이 있었는지 명백하게 밝힐 수
있을 것 같았다. 어느새 시간은 흘러 3월이 되었고, 소운은
소희가 다니던 사여고등학교로 입학을 했다.

# #
용서

아이들은 힐끗거리며 소운을 살폈다. 사여고등학교에 소희의 이야기가 퍼진 탓이었다.

"야, 강소운!"

중학교 때부터 가깝게 지내던 아이들 몇이 소운을 찾았다. 아이들 얼굴에는 서운함과 호기심이 일렁거렸다. 소운은 아이들을 보며 피식 웃었다.

"정말이야?"

서영이가 물었다.

"말하기 싫어!"

소운은 냉정하고도 차분하게 답했다. 사여고등학교에 입학할 때부터 각오한 일이었다. 아이들은 못내 아쉬운 듯 소운의 곁에 머물렀다. 무슨 이야기든 한마디를 들어 볼 요량으로 앉아 있는 듯했다. 소운은 입을 꾹 다물었다. 아무것도 이야기해서는 안 돼. 소희를 사지로 몰아넣었던 적이 학교에 있을 거였다. 소운은 적을 찾아야 했다. 그러려면 소희와 관련된 일은 비밀에 부쳐야 했다.

"강소운, 괜찮냐?"

점심을 먹고 스탠드 한쪽에 앉아 있는데 서영이가 다가와 물었다. 소운은 맥없이 웃어 보였다. 서영이 소운에게 바나나우유를 건넸다. 바나나우유는 둘이 자주 마시던 음료였다. 소운은 바나나우유를 쪽쪽 빨며 운동장을 보았다. 운동장에는 남자아이들 몇이 나와 공을 날리고 있었다.

'쟤네 중에 있을까⋯⋯.'

소운의 머릿속은 어느새 소희의 사건을 쫓고 있었다.

"무슨 생각해?"

서영이 물었다.

"아니, 그냥⋯⋯."

서영이는 소희의 사건과 관련이 없을 거였다. 서영은 중학교 시절 내내 소운과 붙어 다니던 단짝이었다. 그래도 소운은 입을 열 수 없었다. 다행히 서영은 더 이상 질문을 던지지 않았다. 소운의 옆에서 뻑뻑거리며 빈 빨대만 빨았다. 바람 소리가 괴상하게 삐져나와 웃음이 터졌다.

"강소운, 그렇게 웃어라!"

서영이 툭 던진 말에 소운의 눈물샘이 툭 터졌다. 소희에게도 이렇게 말해 줄걸. 순간순간 거품처럼 후회가 피어올랐다. 서영의 손이 소운의 등을 다독거렸다. 겨우내 삐죽하게 세우고 있던 가시가 잠잠해지는 느낌이었다. 아직은 가시를 걷어 낼 수 없었다. 소운은 감정을 추스르고 허리를 곧추세웠다.

"이서영, 고마워."

"치!"

소운의 인사에 서영은 입을 삐죽거렸다. 그런 표정도 소운은 좋았다. 일이 다 끝나면, 서영에게는 몽땅 다 이야기해 줘야지. 소운은 다짐했다.

이튿날부터 소운은 시간이 날 때마다 2학년 교실이 있는 4층을 배회했다. 2학년은 전체 여섯 개 반이었고, 반마다 서른 명 안팎의 학생들이 있었다. 그렇다면 전체 180여 명. 그중에 있을 거였다. 소희 가까이에 있다고 했으니까. 그리고 소희와 초등학교, 중학교를 같이 다닌 사람일 거였다. 소희를 처음 흔들었던 사진이 그 증거였다. 사여고등학교에는 사여초등학교와 사여중학교를 졸업한 학생들의 비중이 절반 이상이었다. 그러니까 적어도 90명 아니 백 명가량이 용의선상에 있었다. 백여 명을 일일이 훑기란 쉽지 않은 일이었다.

집으로 돌아와 소운은 소희의 초등학교, 중학교 졸업 앨범을 뒤졌다. 그리고 같은 반이었던 아이들의 이름을 엑셀 파일에 하나하나 옮겨 적었다. 사여초등학교와 중학교가 작은 학교였던 데다 졸업반 아이들의 이름만 알 수 있는 탓에 겹치는 이름은 생각만큼 많지 않았다. 일단은 그중에서 사여고등학교로 진학한 아이들을 추려 보기로 했다. 소운은 정리해 놓은 파일을 인쇄해서 가방에 넣었다.

그날 이후로 소운은 2학년 복도를 어슬렁거리며 교복에 붙어 있는 명찰과 준비해 온 인쇄물의 이름을 대조했다. 그러다 보면 누군가 걸리는 이름이 있을 거라고 생각했다. 하지만 하나하나 확인하는 일은 쉽지 않았다. 아무래도 영리한 방법은 아닌 것 같았다.

이런저런 방법을 찾는 동안에도 시간은 꾸역꾸역 흘렀다. 과목별로 수행 평가가 쉴 새 없이 쏟아졌고, 고등학교에서의 첫 시험 일정도 안내되었다. 고등학교는 확실히 중학교와는 달랐다. 모둠 발표도 많았고, 동아리 활동도 잦았다.

나날이 기운을 내려 애를 쓰던 부모님은 소운에게 학원

에 다닐 것을 권유했다. 소희가 다니던 모델 학원이 아닌 국어, 영어, 수학 따위의 입시 학원이었다.

"다른 고등학생들처럼 네가 평범하게 지냈으면 좋겠어."

부모님의 소망은 단순했다. 그래서 차마 거절할 수 없었다. 소운 역시 평범해지고 싶기도 했다. 누군가를 죽음으로 내모는 무시무시한 사건 따위는 깨끗이 잊어버리고. 하지만 그럴 수는 없었다. 소운은 마음 한편을 자분자분 다지며 일주일에 세 번씩 저녁 늦게까지 수학 학원에 머물렀다.

학원에도 또래 아이들은 많았다. 그리고 아이들은 내내 핸드폰을 끼고 있었다. 학교에서는 어쩔 수 없이 핸드폰에서 손을 놓고 있던 아이들이 학원에서는 본색을 드러내는 것이었다. 핸드폰을 들여다보며 아이들은 이러쿵저러쿵 말을 만들어 내고, 부풀리고, 키워 냈다.

아이들이 떠들어 대는 소리를 들으며 소운은 고개를 저었다. 과연 저 많은 말들 중에 진실은 몇 퍼센트나 될까. 그러다가 머릿속에 반짝 좋은 생각이 떠올랐다. 인스타그램을 이용할 것! 소운은 갑자기 마음이 바빠졌다. 빨리 집에 가서 소희의 핸드폰을 잡고, 소희가 살아서 돌아온 양 피드를 올려야지. 그러면 제 발이 저린 범인은 분명히 소희에게 접근해 올 거다. 수학 선생님의 날카로운 목소리가 귓등을 타고 흘렀다. 시간은 오늘따라 더디게 흐르는 듯했다.

집으로 돌아오자마자 소운은 소희의 핸드폰을 열었다. 석 달 만에 새롭게 올리는 피드였다. 뭐라고 올려야 할까. 뭐라고 올려야 그럴 듯할까. 이리저리 머리를 굴리던 소운은 인터넷을 뒤졌다. 병원에 입원한 모습이 필요했다. 환자복을 입고 팔에 주삿바늘이 꽂혀 있는, 얼굴은 나오지 않은 사진이 필요했다. 가짜라는 게 탄로 나지 않도록 가급적 과거 사진을 찾아 사진을 크롭하고 보정했다. 그럴듯해 보였다. 업로드 시점은 소희가 그랬던 것처럼 아침, 등교 시간 무렵이 좋을 듯했다. 소운은 차분하게 주말이 지나가길 기다렸다.

평소처럼 부모님 모두 출근을 하고, 소운은 소희의 핸드폰을 열었다. 그리고 소희의 계정으로 인스타그램에 들어가 편집한 사진과 함께 짧은 글을 올렸다. 업로드를 하는데 손끝이 벌벌 떨렸다. 혹시라도 누군가 눈치를 채면 어쩌나 걱정도 스몄다. 하지만 이건 나쁜 짓이 아니었다. 이건 소희를 위한 일이었다. 소운은 업로드가 끝난 소희의 인스타그램을 가만히 들여다보았다. 새로운 피드에 팔로워들은 어떻게 반응할지 궁금했다. 소운은 소희의 핸드폰을 가방 깊숙이 찔러 넣고 집을 나섰다.

차분하던 월요일 아침이 발칵 뒤집혔다. 아이들은 소운의 예상보다 훨씬 더 크게 놀라며 소희의 인스타그램을 돌려 보았다. 서영을 비롯한 소운의 친구들은 놀란 얼굴로 소운을 찾았다. 그리고 어떻게 된 일이냐고 닦달하듯 물었다. 소운은 빙시레 웃어 보였다. 더 이상은 할 말이 없었다.

강소운 너 진짜 수상해!

서영의 메시지를 받고, 소운은 서영을 쳐다보았다. 얼굴 가득 서운함이 담겨 있었다. 소운은 서영에게 답을 보냈다.

미안해.

소희가 가족 톡방에 보낸 메시지도 딱 이랬다. 미안하다. 뭐가 미안하다는 거지. 혼란을 느낄 새도 없이 소희는 사라졌다.

기다릴게.

서영이 다시 답을 보냈다.

고마워.

　소운도 짤막하게 답을 넣었다. 그러고는 4층 2학년 교실로 올라갔다. 2학년의 충격은 1학년보다 더 큰 것 같았다. 교실 안팎에서 소희의 이름이 넘실거렸다. 염탐하듯 2학년 교실을 훑고 다니는데 누군가 소운을 잡았다. 그러고는 소희 동생이 아니냐고 물었다. 수많은 눈길이 한꺼번에 소운에게로 쏠렸다. 소운은 얼른 아니라고 대꾸하고, 아래층으로 내려왔다. 하마터면 공들여 쌓아 올린 탑을 무너뜨릴 뻔했다. 소운은 더 이상 돌아다니지 말고, 잠자코 지내기로 마음먹었다. 어차피 범인은 SNS를 통해 접근해 올 거다.
　점심시간 무렵에는 정 실장에게서 전화가 걸려 왔다. 정실장도 소희의 피드를 봤을 거였다. 소운은 정 실장의 전화를 철저히 무시했다. 연락하지 말자고 한 건 정 실장이었다.

집으로 돌아와 소운은 부리나케 소희의 핸드폰을 꺼냈
다. 학교에서는 절대로 꺼낼 수 없는 물건이었다. 앞으로는
학교에 갖고 다니지도 말아야지 싶었다.

학원에 가기 전까지 40분가량 남아 있는 시간에 소운은
소희의 인스타그램을 살폈다.

수많은 사람들이 댓글을 달았고, 좋아요를 눌렀고, 리그
램을 하며 소희가 살아 있음을 알렸다. 다이렉트 메시지도
여럿 와 있었다. 그중에는 정 실장도 있었다.

> 너 뭐야? 왜 이러는 거야?

소운은 정 실장의 메시지를 삭제했다.

그 뒤로 몇 개의 메시지가 눈에 뜨였지만 아직은 대꾸를
할 수 없었다. 어차피 급한 건 저쪽일 거였다. 소운은 소희
의 핸드폰을 책상 서랍에 넣어 두고 학원으로 향했다. 걸음
이 여느 때보다 가벼웠다.

늦은 밤, 집으로 들어온 소운은 다시 소희의 핸드폰을 열
었다. 피드에 올라온 댓글 중에는 딱히 걸리는 게 없었다.
곧장 다이렉트 메시지 함으로 들어갔다. 몇 개의 메시지 중

에 조금은 느낌이 다른 게 있었다. 다급함이 느껴지는 메시지랄까.

> 너 정말 살아 있는 거야?
> 나 너에게 꼭 할 말이 있어.

발신인의 계정으로 들어갔다. onenonly_im. 사여고등학교 2학년 임예원.

소운은 일전에 만들어 놓았던 사여초등학교와 사여중학교 졸업생 명단을 꺼냈다. 거기에 임예원이라는 이름이 있었다. 초등학교와 중학교 모두 소희와 같은 학교에서 졸업을 한 아이. 그럼에도 소희에게서는 한 번도 들어 본 적 없는 이름. 지금으로서는 가장 유력한 용의자가 아닐까 싶었다. 소운은 일단 해당 계정을 기억하고, 핸드폰을 껐다.

이튿날 소운은 다시 소희의 인스타그램에 피드를 올리고 학교로 갔다. 그리고 쉬는 시간을 이용해 2학년 교실 쪽으로 올라갔다. 임예원을 찾아야 했다. 소운은 졸업 앨범에서 봤던 예원의 얼굴을 부지런히 떠올리며 2학년 교실을 훑었다. 그런데 2반 교실에서 소운의 눈길을 잡는 사람이 있었다. 정신이 나간 듯 멍한 얼굴로 창밖을 내다보고 있는 아이. 주위에서 재잘거리고 있는 아이들은 누구 하나 그 아이에게 신경을 쓰지 않았다. 투명 인간 혹은 그림자와 같은 아이. 한참 힘들던 시기의 소희도 저 아이 같았다. 소운은 목을 이리저리 빼 가며 아이의 명찰을 확인했다. 임예원. 그 아이였다.

다음 쉬는 시간에도 점심시간에도 소운은 2학년 2반 교실 앞을 얼쩡거리며 임예원을 찾았다. 예원은 수시로 핸드폰을 들여다보고 한숨을 푹푹 내쉬고 멍한 얼굴로 허공을 보았다. 그 아이가 맞는 것 같았다. 범인의 첩자. 소희를 덫으로 몰아간 소희의 적. 확실하지는 않지만 찾기는 한 것 같았다. 그런데 소운의 마음은 복잡했다.

'어쩌자고 저러고 지내는 거야?'

예원은 행복해 보이지 않았다. 아니 행복은 고사하고 생기도 없었다. 마치 소희를 보는 것 같았다.

'네가 원하는 대로 언니가 벼랑 끝에 몰려 추락했으면 너는 즐거워야지. 너는 왜 그 몰골인 거야.'

들여다볼수록 가슴이 갑갑해졌다. 범인을 찾아서 응징하고 싶었는데 이미 용의자는 벌을 받고 있는 것도 같았다.

그러다 소운은 고개를 저었다. 이 정도로는 벌이라고 할 수 없었다. 소희는 세상을 떠났고, 그 아이는 소희를 끝으로 밀어 넣은 소희의 적이었다.

집으로 돌아와 소운은 소희의 핸드폰을 열었다. 예원이 소희의 계정으로 보낸 메시지가 있었다.

> 내가 너한테 악플을 썼어.
> 네 사진을 찍은 것도 나야.

소운의 짐작이 맞았다. 소운은 아랫입술을 질끈 깨물었다. 아직 머릿속은 정리가 되지 않았다. 어떻게 하는 게 좋을까? 소운은 소희에게 묻고 싶었다. 하지만 소희의 답은 들을 수 없었다. 소희라면 어떻게 했을까? 용서했을까? 소희의 두 번째 인스타그램 계정을 들여다보면 딱히 그랬을 것 같지도 않았다. 소희는 소희 곁에 있는 적을 두려워했고 동시에 증오했다.

소운은 가방을 둘러메고 집을 나섰다. 일단 소운이 해야 할 일을 해야 했다. 학원에 가기. 그리고 친구들이랑 어울리며 수다 떨기. 그게 부모님이 바라는 평범한 고등학생의 삶이 아닐까 싶었다. 또 어쩌면 그게 소희가 바라는 걸지도 몰랐다. 넋이 나간 것처럼 멍하게 유영하는 예원처럼 되지 않기. 그런데 예원을 어떻게 할까 다시 고민이 시작됐다.

소운은 학원으로 향하던 걸음을 멈췄다. 이 상태로는 학원에 가 봤자 껍데기만 앉아 있을 확률이 높았다. 아니 이대로는 며칠간 껍데기만 떠돌아다닐 것 같았다. 빨리 풀어야 했고, 그러려면 도움이 필요했다. 소운은 핸드폰을 열어 가족 톡방에 메시지를 보냈다.

나 엄마랑 아빠한테 할 말이 있어요

뭔데?

무슨 일 있어?

엄마랑 아빠가 득달같이 답을 보냈다.

이따 들어오시면 말씀드릴게요.
오늘 학원은 못 갈 것 같아요. 집에서 기다릴게요.

부모님은 흔쾌히 알겠다고 했다. 그리고 일찍 들어오겠다 했다. 소운은 걸음을 돌려 집으로 향했다. 이제 부모님께 말씀을 드려도 괜찮을 것 같았다. 소운 혼자 힘으로 추적하여 벌을 주기란 쉽지 않을 거였다. 차분하게 대응해야지. 그래야 소희의 억울함도 풀릴 거였다. 집으로 돌아와 소운은 소희의 핸드폰을 열고 예원에게 메시지를 보냈다.

만나자.

예원을 만나 차근차근 이야기를 들어야 했다. 그리고 소희를 끝까지 몰고 간 범인에게도 제대로 벌을 줘야 했다. 그 자리에 부모님이 함께라면 더 좋을 거였다.

창밖을 내다보았다. 소희가 좋아하던 주황색 노을이 먼 하늘을 곱게 물들이고 있었다. 아직 답을 찾지는 못했지만 천천히 찾아갈 거였다.